캉디드
혹은 낙관주의

캉디드
혹은 낙관주의
Candide ou l'optimisme

볼테르 장편소설　이봉지 옮김

CANDIDE OU L'OPTIMISME
by VOLTAIRE (1759)

이 책은 실로 꿰매어 제본하는 정통적인 사철 방식으로 만들어졌습니다.
사철 방식으로 제본된 책은 오랫동안 보관해도 손상되지 않습니다.

이 작품은 원래 랄프 박사가 쓴 독일어 원고를 번역한 것이다. 개정판에는 박사가 1759년 민덴에서 사망하였을 당시 그의 주머니 속에서 발견된 유고가 첨가되었다.

캉디드 혹은 낙관주의

9

역자 해설
자유와 참여의 지식인 볼테르, 청춘을 되돌아보다

201

볼테르 연보

213

제1장
캉디드는 어떻게 성장하였는가, 그리고 왜 그 멋진 성에서 쫓겨나게 되었는가

베스트팔렌의 툰더텐트론크 남작의 성에 성격이 매우 유순한 젊은이가 살고 있었다. 생김새도 마음씨처럼 온화했다. 〈캉디드〉[1]라는 이름은 여기서 연유한 것 같다. 나이 든 하인들은 캉디드를 남작의 조카라고 생각했다. 남작의 여동생이 이웃에 사는 선량하고 점잖은 귀족과 관계하여 낳은 아이라는 것이다. 그녀는 이 이웃 귀족과 결혼하지 않았다. 고작 71대까지만 뿌리를 알 수 있고, 그 윗대 조상을 모른다는 이유 때문이었다.

남작은 베스트팔렌에서 가장 권세 있는 영주 중의 하나였다. 왜냐하면 남작의 성에는 문이 하나 있고 창문도 여러 개 있었기 때문이다. 게다가 응접실 벽에는 태피스트리도 걸려 있었다. 사냥을 할 때면 안뜰에서 어슬렁거

---

1 프랑스어의 *candide*는 〈순박하다〉라는 뜻이다.

리는 굶주린 개들이 동원되었고, 집안의 마부들이 말을 타고 사냥개들을 지휘했으며, 마을 성당의 부사제가 남작의 개인 사제를 겸직하였다. 사람들은 모두 남작을 각하라고 불렀고, 남작이 우스갯소리를 하면 예의 바르게 웃어 주었다.

남작 부인은 몸무게가 150킬로그램이나 나가는 거구인 까닭에, 그것만으로도 모든 사람들에게 경의의 대상이 되었다. 게다가 매우 품위 있게 사람들을 맞았기 때문에 더욱더 존경을 받았다. 남작의 딸 퀴네공드는 방년 17세로, 혈색 좋고 발랄하며 통통하고 육감적인 처녀였다. 남작의 아들 역시 모든 점에서 아버지에 걸맞은 좋은 청년이었다. 가정 교사인 팡글로스는 집안의 신탁(神託)이었다. 젊고 순진한 캉디드는 선생의 말을 그대로 믿었다.

팡글로스는 형이상학적, 신학적 우주론을 강의하였다. 그는 다음 같은 사실을 멋지게 증명해 보였다. 즉 원인 없는 결과란 없으며, 우리의 세계는 가능한 모든 세계 중에서 최선의 세계며, 남작 각하의 성은 이 세계의 성 중에서 가장 멋진 성이며, 남작 부인은 가장 좋은 남작 부인이라는 것을 증명했던 것이다.

「그럴 수밖에 없다는 것은 쉽게 증명됩니다. 왜냐하면 모든 것은 목적을 가지고 있고, 그 목적이란 가장 좋은 목적일 수밖에 없으니까요. 일례로 코는 안경을 얹기 위해 만들어졌고, 그래서 우리는 안경을 씁니다. 다리는 양말을 신기 위해 만들어졌고, 그래서 우리는 양말을 신습니다. 돌은 원래 성을 짓는 석재로 쓰이기 위해 생성되었습니다. 그래서 남작 각하는 멋진 성을 소유하고 있지요. 왜냐하면 이 지방에서 제일 유력한 남작은 가장 좋은 성에 살아야 하니까요. 또 돼지는 식용으로 쓰이기 위해 만들어졌습니다. 그래서 우리는 1년 내내 돼지고기를 먹습니다. 그러니까 모든 것이 좋다고 말해서는 안 됩니다. 모든 것이 최선이라고 말해야 합니다.」

캉디드는 열심히 들었다. 그리고 순진하게 그 말을 믿었다. 그도 그럴 것이 그의 눈에도 퀴네공드는 매우 아름다웠기 때문이다. 물론 그는 그런 말을 입 밖에 낸 적이 없었고, 또 그녀에게 말할 배짱도 없었다. 그는 그저 믿을 뿐이었다. 이 세상에서 최선의 행복은 툰더텐트론크 남작으로 태어나는 것이고, 제2의 행복은 퀴네공드 양으로 태어나는 것이며, 제3의 행복은 그녀를 매일 볼 수 있는 것이고, 제4의 행복은 지방에서 가장 훌륭한, 따라서 이 세상에서 가장 훌륭한 철학자인 팡글로스 선생의 강의를 들을 수 있는 것이라고 말이다.

어느 날 퀴네공드는 사람들이 공원이라고 부르는 작은 숲 속 길을 산책하다가 덤불 사이로 팡글로스의 모습을 훔쳐보게 되었다. 그는 남작 부인의 몸종인 예쁘고 온순한 갈색 머리 처녀에게 실험 육체 물리 강의를 하고 있는 중이었다. 퀴네공드는 과학적 호기심이 많았기 때문에 숨죽이고 실험을 지켜보았다. 여러 번 반복된 실험을 관찰한 덕택에 그녀는 박사의 충족 이유(充足 理由)[2]와 원인과 결과를 분명히 알게 되었다. 그녀는 매우 동요되었다. 그녀 자신도 팡글로스처럼 학자가 되고 싶은 욕망에 사로잡혔다. 그녀 자신은 캉디드의 충족 이유가 될 수 있고, 캉디드 또한 그녀의 충족 이유가 될 수 있을 것 같았다.

성으로 돌아오는 길에 캉디드를 만난 퀴네공드는 얼굴을 붉혔다. 캉디드도 얼굴이 벌게졌다. 인사를 하는 그녀의 목소리가 떨렸다. 캉디드도 인사를 하였다. 그러나 자기가 무슨 말을 하고 있는지 모를 정도로 얼이 빠져 있었다. 이튿날 점심 식사 후에 일이 벌어졌다. 모두들 식당에서 나갈 때 퀴네공드와 캉디드는 병풍 뒤에 남게 되었다. 퀴네공드가 손수건을 떨어뜨리자 캉디드가 주워 주었다. 그녀는 순수하게 그의 손을 잡았다. 청년은 순수하게 처녀의 손에 매우 열렬하고 다정하고 우아한 키스를 하였다. 그들의 입술이 맞닿고 그들의 눈에 불꽃이 일었다. 무릎이 후들거리고 엉뚱한 곳에 손이 갔

---

[2] *raison suffisante*. 라이프니츠는 실제로 존재하는 모든 것은 〈왜 그것이 다른 것이 아니라 바로 그것인가〉를 설명해 줄 수 있는 충분한 이유가 있다고 보았다. 이때의 이유가 바로 〈충족 이유〉며, 이는 존재 이유와도 비슷한 개념이다.

다. 그때 툰더텐트론크 남작이 병풍 옆을 지나다가 이 원인과 결과를 보고 캉디드의 엉덩이를 발길로 차서 성에서 내쫓았다. 퀴네공드는 기절하였다. 그녀가 정신이 들자 이번에는 남작 부인이 그녀의 뺨을 때렸다. 최선의 성 중에서도 가장 멋지고 쾌적한 이 성이 단번에 혼란의 소용돌이에 휘말렸다.

제2장
캉디드가 불가리아 군대에서 겪은 일

 지상 낙원에서 쫓겨난 캉디드는 오랫동안 정처 없이 걸었다. 세상에서 가장 아름다운 남작 따님이 있는, 이 세상에서 가장 멋진 성을 돌아보고 또 돌아보며 흐느껴 울고, 하늘을 우러러보았다. 그러다가 결국 허기진 채 밭고랑 사이에 쓰러져 잠이 들고 말았다. 그 위로 함박눈이 내렸다. 이튿날 그는 퍼렇게 언 몸으로 발트베르크호프 트라프크 디크도르프라는 이웃 마을을 향해 걸어갔다. 수중에는 땡전 한 푼 없고 배는 고파 죽을 지경이고 몸은 천근만근 무거웠다. 그러다가 어느 선술집 앞에서 힘없이 멈춰 섰다. 그때 푸른 옷을 입은 두 남자가 그를 보았다. 그중 한 명이 자기 동료에게 말했다.

「저길 좀 봐. 체구가 적당한 젊은 친구가 있어.」

그들은 캉디드에게 다가와서 공손한 태도로 점심을

함께 들자고 청했다.

캉디드는 매우 겸손하고 예의 바르게 말했다.

「나리들, 영광이지만 저는 수중에 가진 것이 없어서……」

「아! 당신 용모와 체구에다 당신 같은 자질을 갖춘 사람은 돈 낼 필요 없습니다. 아마 키가 165센티미터 정도 되죠?」

「네, 나리, 맞습니다.」

캉디드는 절을 하며 대답했다.

「자! 선생, 이 식탁에 앉으시오. 물론 식사비는 우리가 내겠습니다. 어디 그뿐입니까, 돈도 드리겠습니다. 당신 같은 분에게 돈이 없다니 말이 됩니까. 인간은 마땅히 서로 도와야 하지 않겠습니까.」

「옳은 말씀입니다. 그게 바로 팡글로스 선생님이 항상 하시던 말씀이지요. 이제 보니 정말 세상 모든 것이 최고로 잘되어 가고 있군요.」

캉디드가 말했다.

그들은 캉디드에게 은화 몇 닢을 주었다. 캉디드는 차용증을 써주려 하였으나 그들은 절대로 받지 않겠다고 하였다. 그들은 함께 식탁에 앉았다.

「당신이 무척 사랑하는……」

「아, 네. 나는 퀴네공드 양을 무척 사랑합니다.」

「아니, 내 말뜻은 그게 아니라 당신이 불가리아 왕을

사랑하느냐 하는 것입니다.」

「아니, 전혀요. 저는 그분을 한 번도 본 적이 없는걸요.」

「아니, 그럴 수가! 그분은 세상에서 가장 훌륭한 왕이십니다. 자, 그분의 건강을 위해서 건배합시다.」

「아! 좋습니다.」

캉디드는 건배하였다.

「그만하면 되었소. 이제 당신은 불가리아 국민의 수호자며 기둥이며 영웅이 되었소. 당신에게는 부와 명예가 보장되었소.」

그들은 곧바로 캉디드의 발에 족쇄를 채워서 군대로 끌고 갔다. 그들은 캉디드에게 우향우 좌향좌를 시키더니, 총을 올렸다 내렸다 하게 하고, 땅에 엎드려 총을 조준하고 사격하는 훈련을 시키더니, 잰걸음으로 걷게 하고, 서른 대를 때렸다. 다음 날 그는 훈련을 조금 덜 받고 스무 대만 맞았고, 그다음 날에는 열 대만 맞았다. 그래서 그의 동료들은 그를 대단한 영웅처럼 생각했다.

캉디드는 얼떨떨하여 어째서 자기가 영웅이 되었는지 알 수 없었다. 어느 화창한 봄날 캉디드는 산책을 할 생각에 곧장 앞으로 걸어갔다. 자기 마음대로 다리를 사용하는 것은 인간 및 동물의 신성한 권리라고 생각했기 때문이었다. 그가 채 20리도 못 갔을 때, 6척 거구의 장정 네 명이 쫓아와서 그를 결박하여 감옥으로 끌고 갔다.

그들은 캉디드에게 법률을 들먹이며 그 연대의 모든

군인들로부터 서른여섯 대씩 얻어맞는 태형 아니면 머리통에 총알 열두 발을 한꺼번에 맞는 총살형 중에서 하나를 선택하라고 하였다. 캉디드는 인간은 자유 의지를 가지고 있으며 따라서 자신은 둘 중 어느 쪽도 원치 않는다고 강변하였지만 아무 소용이 없었다. 어쨌든 하나를 선택해야만 했다. 결국 그는 신이 은총으로 내려 준 자유 의지로 서른여섯 대씩의 태형을 선택했다. 연대에는 총 2천 명의 군인이 있었다. 그들이 2열로 늘어선 사이를 한 번 왕복하는 동안, 그는 도합 4천 대를 맞았다. 그러자 머리에서 엉덩이까지 신경과 근육이 모두 터져 나왔다. 막 세 번째 번차례가 시작되려고 할 때, 캉디드는 더 이상 견디지 못하여 차라리 머리를 부숴 달라고 빌었다. 그러자 자비롭게도 그의 요청이 받아들여졌다. 사람들은 그의 눈을 가리고 땅바닥에 꿇어앉혔다.

바로 그때 불가리아 왕이 지나가다가 그의 죄목을 물었다. 왕은 혜안이 있는 사람이었다. 그래서 캉디드에 대한 얘기를 듣자 곧바로 그가 세상 물정 모르는 얼뜨기 형이상학자라는 것을 알아채고는 관대하게 사면하였다. 이러한 왕의 자비로운 은덕은 전 세계의 신문을 통해 알려져 두고두고 찬양 받았다. 캉디드는 한 훌륭한 외과 의사의 치료를 받았다. 디오스코리데스[3]가 처

---

3 그리스의 유명한 의사.

방한 신통한 약 덕택에 캉디드는 3주 만에 어느 정도 피부가 아물고 걸을 수도 있게 되었다. 그 무렵 불가리아 왕은 아바르족[4] 왕과 전투를 개시하였다.

---

4 헝가리와 오스트리아의 일부분을 지배했던 아시아계 민족. 이들이 더 이상 서쪽으로 세력을 확장하지 못한 데는 불가리아의 공이 컸다. 아바르족은 9세기에 이르러 모든 힘을 잃었다.

제3장
캉디드는 불가리아 군대에서 어떻게 탈출하며 그 후 어떻게 되는가

두 나라의 군대는 너무도 멋지고 민첩하고 찬란하고 질서 정연하였다. 트럼펫과 피리와 오보에와 북과 대포 소리가 어울려 멋진 지옥의 하모니를 이루었다. 먼저 양 진영에서 6천여 군사들이 대포에 맞아 쓰러졌다. 다음으로 이 최선의 세계를 오염시키던 9천 내지 1만 명의 악당들이 일제 사격을 받아 제거되었다. 또한 수천 명의 사람들이 총검에 찔려 죽었다. 총합 3만여 명의 사람들이 이렇게 죽어 갔다. 이 영웅적인 학살극이 벌어지는 동안 캉디드는 철학자답게 벌벌 떨면서 꼭꼭 숨어 있었다.

드디어 두 나라의 왕이 각자 자기 진영에서 테 데움[5]을 부르게 하는 동안 캉디드는 다른 곳에서 원인과 결과

---
5 *Te Deum*. 신의 은총을 찬양하는 노래이다. 전쟁의 경우에는 승리를 기념할 때 쓰인다.

를 따져 보기로 결심하고 그곳을 떠났다. 그는 산더미처럼 쌓인 시체와 죽어 가는 사람들을 넘어서 이웃 마을에 도착했다. 아바르족에 속한 그 마을은 잿더미가 되어 있었다. 불가리아 군사들이 공법에 따라 불을 질렀기 때문이었다. 한쪽에서는 전신에 총상을 입은 늙은이들이 목이 찔려 죽어 가는 자기 아내들의 모습을 멍하니 지켜보고 있었다. 피가 흐르는 그녀들의 젖꼭지에는 젖먹이 아이들이 매달려 있었다. 또 다른 쪽에는 처녀들이 마지막 숨을 거두고 있었다. 몇몇 영웅들이 자신들의 자연적 욕망을 채우고 난 후, 그녀들의 배를 갈라 버렸기 때문이었다. 또 다른 이들은 불에 반쯤 그을린 채 제발 죽여 달라고 울부짖고 있었다. 도처에 널려 있는 잘린 수족 사이로 깨진 머리가 뒹굴고 있었다.

캉디드는 황급히 그곳을 벗어나 다른 마을로 갔다. 그곳은 불가리아 마을이었는데 상황이 전혀 다르지 않았다. 아바르 영웅들이 똑같은 짓거리를 자행하였던 것이다. 캉디드는 바랑에 든 약간의 식량에 의지한 채 아직도 꿈틀거리는 팔다리를 넘고 폐허를 건너, 드디어 전쟁의 참극에서 벗어난 곳에 도착했다. 그 와중에도 그는 결코 퀴네공드 양을 잊지 않았다. 마침내 네덜란드에 도착했을 때 양식이 다 떨어졌다. 그러나 그 나라의 국민들은 모두 부자며 모두 기독교 신자라는 말을 들었기 때문에 그는 걱정하지 않았다. 남작의 성에서처럼 좋은 대우를 받을 것이라고 기대했기 때문이었다. 물론 퀴네공드 양을 사랑한 죄로 그 성에서 쫓겨나기는 했지만 말이다.

그는 몇몇 근엄해 보이는 사람들에게 적선을 구했다. 그러자 그들은 한결같이 그가 비럭질을 계속한다면 잡아서 감화원에 보내겠다고 하였다. 사는 법을 가르쳐야 한다는 것이었다.

다음으로 그는 커다란 집회에서 한 시간 내내 자선에 관해 연설한 사람에게 말을 걸었다. 연사는 그를 아래위로 훑어보며 물었다.

「여긴 어떤 이유로 왔소? 당신은 어느 편이오?」

「원인 없는 결과는 없지요. 모든 것은 최선의 결과를 향한 필연적 과정으로 얽혀 있습니다. 저는 필연적으로 퀴네공드 양의 집에서 쫓겨나야 했고, 몽둥이찜질을 당해야 했으며, 또 돈을 벌 때까지 구걸을 해야 합니다. 이 모든 것이 필연입니다.」

캉디드가 겸손하게 대답했다.

「여보게, 자네는 교황이 적(敵)그리스도[6]라고 생각하는가?」

「그런 말은 들은 적이 없습니다. 그렇지만 어찌 되었

---

6 기독교 용어로 그리스도의 적을 말한다. 『요한의 묵시록』에 의하면 말세에 하느님에 반역하는 사탄 따위의 세력이 교회와 성도 들을 몹시 심하게 박해할 것이라 한다.

건 저는 빵이 필요합니다.」

「넌 먹을 자격이 없어. 물러가라, 이 나쁜 놈. 썩 꺼져라, 이 더러운 놈. 이제 다시는 내 앞에 나타나지 마라.」

창밖으로 머리를 내놓고 지켜보던 연사의 아내는 교황이 적그리스도라는 사실을 의심하는 자를 보고 화가 나서 오줌이 가득한 요강을 그의 머리 위에 쏟아 버렸다. 아, 하느님! 여자들의 신앙심이란 어쩌면 이렇게도 지독한 것일까!

세례를 한 번도 받은 적이 없는 야코프라는 이름의 한 재세례파 교인이 이 장면을 보았다. 두 발이 있고 깃털이 없으며 영혼을 가진 존재, 즉 자신의 형제인 한 인간이 이런 지독한 수모를 당하다니! 그는 캉디드를 자기 집으로 데리고 가서 깨끗이 씻긴 다음 빵과 맥주를 먹이고 2플로린[7]을 주었다. 뿐만 아니라 자신이 경영하는 페르시아 비단 공장에서 일을 배우게 해주었다. 캉디드는 감격에 겨워 그의 발밑에 엎드려 부르짖었다.

「팡글로스 선생님 말씀이 맞아요. 세상 모든 것이 최고로 잘돼 가고 있어요. 왜냐하면 너무도 자비로우신 사장님의 크나큰 은혜 덕택에 검은 외투를 입은 그 박정한 신사와 무정한 사모님의 일 같은 건 아무것도 아니게 느껴지니까요.」

---

[7] 네덜란드의 화폐.

다음 날 그는 산책 길에 한 거지를 만났다. 그의 몸은 종기투성이였고 눈은 푹 꺼진 데다 코끝은 문드러지고 입은 한쪽으로 돌아가 있었다. 게다가 이빨은 온통 새까맣고 말을 할 때면 코를 킁킁거리고 때로 지독하게 기침을 하였는데 그때마다 이빨을 한 개씩 뱉어 내었다.

제4장
캉디드는 어떻게 팡글로스 선생을 다시 만나는가, 그리고 그 후로 어떤 일이 생기는가

캉디드는 이런 끔찍한 모습에 대해 혐오감에 앞서 동정심을 느꼈다. 그래서 재세례파 교인 야코프가 준 2플로린을 거지에게 주었다. 그 눈이 퀭한 유령은 캉디드를 빤히 쳐다보더니, 눈물을 흘리면서 그를 껴안으려고 했다. 캉디드는 기겁하여 뒤로 물러났다. 그러자 거지가 말했다.

「아이고, 자네 이제 옛 스승 팡글로스도 못 알아보나?」

「이게 무슨 소리야? 당신이 제 스승이라고요? 왜 이렇게 끔찍한 꼴이 되셨어요? 무슨 변을 당하셨길래? 왜 세상에서 제일 멋진 성에 계시지 않고? 퀴네공드 양은, 진주 중의 진주, 자연의 걸작인 아가씨는 어떻게 되었나요?」

「기운이 없어 곧 쓰러질 것 같네.」

팡글로스가 말했다.

캉디드는 곧 그를 야코프네 외양간으로 데려가서 빵

을 먹였다. 그가 기운을 차리자 캉디드가 물었다.

「그런데 퀴네공드 양은요?」

「죽었어.」

팡글로스가 대답했다.

이 말에 캉디드는 기절해 버렸다. 팡글로스는 마침 외양간에 있던 썩은 식초를 그에게 문질러 정신을 차리게 했다. 캉디드가 다시 눈을 떴다.

「퀴네공드 양이 죽다니. 아, 최선의 세상이라더니, 이럴 수가! 그런데 무슨 병으로 죽었나요? 내가 그녀 아버지의 성에서 발길질을 당하면서 쫓겨나는 것을 보고 상심해서 그런 것은 아닌가요?」

「아니야. 불가리아 군사들이 배를 갈랐어. 그전에 실컷 능욕을 당했지. 남작님이 그걸 막으려 하니까 그자들은 남작님 머리를 빠개 버렸어. 내 학생인 남작님의 아들도 누이와 똑같이 불쌍한 꼴을 당했어. 성으로 말할 것 같으면 폐허가 되었어. 성한 돌 하나도 남지 않았어. 헛간 하나, 양 한 마리, 오리 한 마리, 나무 한 그루 남지 않았어. 그렇지만 우리도 복수는 한 셈이야. 아바르인들이 이웃 불가리아 남작의 성에 가서 우리가 당한 것과 똑같이 해주었으니까.」

이 말에 캉디드는 다시 기절했다. 그러나 곧 정신을 차리고는 그럴 때 으레 하기 마련인 말들을 늘어놓았다. 그러고 나서 그는 팡글로스가 이렇게 비참한 지경에 빠지게 된 원인과 결과 그리고 그 충족 이유가 무엇인지 물었다. 그러자 팡글로스가 대답했다.

「아이고! 그건 사랑 때문이야. 사랑, 인류의 위안이며 우주의 수호자며 감각을 가진 모든 존재의 영혼인 달콤한 사랑 말이야.」

「아, 저도 사랑을 알아요. 그야말로 우리 마음의 주인이며 우리 영혼의 정수지요. 저는 사랑 때문에 입술에 키스 한 번 그리고 엉덩이에 발길질 스무 번을 당했어요. 그런데 어찌해서 선생님은 그 아름다운 원인 때문에 이렇게 끔찍한 결과를 당하셨습니까?」

캉디드의 질문에 팡글로스는 이렇게 대답했다.

「아, 사랑하는 캉디드! 자네 파케트를 알겠지. 지체 높으신 남작 부인의 예쁜 몸종 말이야. 나는 그녀의 품에서 천상의 열락을 맛보았어. 그런데 그게 바로 지금의 이 지옥 같은 고통의 씨앗이었어. 그녀는 병에 걸려 있었어. 아마도 그 병으로 죽었을 거야. 파케트는 이 선물을 프란체스코회 수도사에게서 받았어. 그 수도사는 매우 박식해서 자기 병의 근원을 밝혀냈어. 그는 어느 늙은 백작 부인한테서 병을 물려받았고, 그 부인은 어느 기병 대위에게서, 그 대위는 어느 후작 부인에게서, 그 부인은 어느 시동(侍童)에게서, 그리고 그 시동은 어느 예수회 신부에게서 물려받았는데, 그 사람은 수련 기간 중에 크리스토퍼 콜럼버스의 동료 중 한 명으로부터 직접 물려받았다고 해. 나로 말할 것 같으면 나는 아무에게도 안 물려줄 거야. 이제 곧 죽을 테니까 말이야.」

캉디드가 외쳤다.

「아, 팡글로스 선생님, 이 얼마나 이상한 계보입니까! 그래도 악마가 근원이 아니란 말입니까?」

「아니야, 그렇지 않아. 그건 최선의 세계에 없어서는 안 되는 것이야. 필수적인 요소지. 만약 콜럼버스가 아메리카의 섬에서 생식의 근원을 오염시키고, 때때로 생식을 불가능하게 만드는, 따라서 자연의 위대한 섭리에 반하는 이 병에 걸리지 않았다면 오늘날 초콜릿도 붉은 양홍(洋紅) 염료도 없었을 것 아닌가. 또 하나 지적해야 할 것은 이 병은 종교에 대한 논쟁과 마찬가지로 지금까지는 이 대륙에서 우리에게만 나타나는 특이한 현상이라는 거야. 터키인이나 인도인, 페르시아인, 중국인, 시암[8]인, 일본인 들은 아직 이 병을 몰라. 물론 몇 세기 후면 그 사람들도 알게 될 충족 이유가 있기는 해. 그동안 이 병은 우리 사회에서 놀라울 만큼 번성하고 있어. 특히 나라의 운명을 결정하는 잘 훈련되고 용감한 용병들로 구성된 우리네 군대에서 창궐하고 있지. 한 전투에서 양 진영에 각각 3만 명의 군사들이 대치하고 있을 경우, 양 진영 공히 2만 명씩은 모두 매독 환자라는 걸 내 장

---

8 태국의 옛 이름.

담할 수 있네.」

「정말 대단하군요. 하지만 선생님은 치료를 받으셔야 해요.」

캉디드의 이 말에 팡글로스는 탄식했다.

「무슨 수로 치료를 받겠나? 돈이 한 푼도 없으니. 돈 안 내고 피를 뽑거나 관장을 해주는 곳은 이 세상 어느 곳에도 없어. 누가 대신 돈을 내준다면 모를까.」

이 마지막 말에 캉디드는 결심했다. 그는 자비로운 재세례파 교인 야코프의 발밑에 엎드려 친구의 비참한 처지를 실감 나게 하소연했다. 성품이 어진 야코프는 그의 말을 듣고 감동하여 즉시 팡글로스 박사를 데려와서 치료를 받도록 주선하여 주었다. 그 덕택에 팡글로스는 한쪽 눈과 귀만 잃고 완쾌될 수 있었다. 팡글로스는 글씨를 잘 썼고 산술에 능하였기 때문에 재세례파 교인 야코프는 그에게 부기를 담당하도록 하였다. 두 달 후, 야코프는 장사 차 리스본에 가게 되었다. 그는 두 철학자도 함께 배에 태우고 갔다. 항해 중 팡글로스는 어째서 이 세상이 최선인지를 설명하였다. 야코프는 그 의견에 동의하지 않았다.

「인간은 원래의 본성을 좀 잃어버리고 타락한 것 같습니다. 왜냐하면 원래 태어날 때는 늑대가 아니었지만, 늑대처럼 되어 버렸거든요. 신은 인간에게 대포도 총검도 주지 않았지만, 인간은 서로 죽이려고 그것들을 만들었습니다. 파산과 법도 마찬가지예요. 파산을 하고 달아나면 법은 그자의 재산을 압류해요. 그래서 채권자들은 결국 빚을 받지 못하게 되지요.」

「그건 모두 필수 불가결한 것입니다. 개인적 불행은 공공의 이익이 되거든요. 그러니까 개인적 불행이 많으면 많을수록 모든 것이 더 좋습니다.」

팡글로스가 이렇게 주장하고 있는 동안 하늘이 어두컴컴해지고 사방에서 바람이 불어오기 시작했다. 결국 배는 리스본 항구가 빤히 바라다보이는 지점에서 거센 폭풍우에 휘말렸다.

제5장
폭풍우, 난파, 지진, 그리고 팡글로스 박사, 캉디드, 재세례파 교인 야코프에게 일어난 일

 승객들 중 절반은 기진맥진한 데다 배가 좌우로 이리저리 요동치는 바람에 오장육부가 뒤틀려서 괴로워 죽을 지경이었다. 그래서 당면한 위험을 걱정할 힘조차 없었다. 나머지 절반은 소리를 지르고 기도를 하였다. 돛은 갈기갈기 찢어지고 돛대는 부러지고 선체에는 구멍이 뚫렸다. 모두 분주히 움직였지만 서로 손발이 맞지 않고 통솔도 되지 않았다. 재세례파 교인 야코프는 나름대로 배의 조종을 돕고 있었다. 그는 상갑판에 있었는데 어떤 미친 선원 한 명이 그를 세게 치는 바람에 그만 바닥에 나자빠지고 말았다. 그렇지만 그 선원 역시 제 힘에 못 이겨 배 밖으로 튕겨 나가 거꾸로 떨어졌으나 요행히 부러진 돛대에 걸려 대롱대롱 매달려 있게 되었다. 착한 야코프는 그쪽으로 달려가서 그를 배 위로 잡아올렸다. 그러다가 힘이 부쳐 이번에는 자기가 바다에 빠지게 되었다. 선원은 그가 죽건 말건 아랑곳하지 않았고 심지어는 그쪽을 쳐다보지도 않았다. 캉디드는 황급히 그쪽으로 달려갔다. 한순간 야코프의 머리가 물 밖으로 나왔다. 그러나 그다음 순간, 다시 물속으로 사라져 영영 보이지 않게 되었다. 캉디드는 바다로 뛰어들려고 하였다. 그때 팡글로스가 그를 가로막고는 리스본 항구는 재세례파 교인 야코프가 익사하도록 일부러 그렇게 만들어진 것이라는 점을 논증하였다. 그가 자신의 논리를 선험적으로 증명하는 동안 배가 갈라지면서 모두가 바다에 빠져 죽었다. 다만 팡글로스와 캉디드, 그리고 착한 야코프를 익사시킨 그 못된 선원만이 살아남을 수 있었다. 그 악당은 운 좋게도 해안까지 헤엄쳐 갔다. 팡글로스와 캉디드도 널빤지에 의지하여 해안에 닿을 수 있었다.

정신을 차린 그들은 리스본을 향해 걸어갔다. 수중에 돈이 조금 남아 있었기 때문에 그것으로 허기를 면할 생각이었다.

그들은 은인의 죽음을 애도하며 눈물을 흘렸다. 그들이 리스본에 막 도착하였을 때, 땅이 흔들리기 시작하고 바다가 부풀어 올라 항구에 정박해 있던 배들을 덮쳐 일거에 부숴 버렸다. 불꽃과 재의 회오리가 거리와 광장을 휩쓸었다. 집이 무너지고 지붕이 뒤집혀 바닥에 떨어지고 바닥이 갈라져 사라졌다.

남녀노소 합쳐 3만 명의 주민이 무너진 건물 잔해에 깔려 죽었다.[9] 선원은 휘파람을 불고 쌍소리를 섞어 가며 말했다.

「여기서 뭔가 챙길 것이 있겠는데.」

「이 현상의 충족 이유가 도대체 무엇이란 말인가?」

팡글로스가 자문했다. 그러자 캉디드가 울부짖었다.

「이게 바로 이 세상 최후의 날이야!」

선원은 그 즉시 폐허 속으로 달려가 죽음을 무릅쓰고 그 사이를 헤집고 다니며 돈을 찾느라 혈안이 되었다. 그렇게 얻은 돈으로 술을 마시고 대취하여 잠을 잤다. 술이 좀 깨자 이번에는 아무 여자나 돈을 주고 사서는 죽은 시체와 죽어 가는 사람들이 즐비한 폐허 위에서 여자를 안았다.

팡글로스가 그의 소매를 잡아당겼다.

「여보게, 이건 옳지 않아. 자네는 보편적 이성에 반하는 짓을 하고 있어. 지금은 합당한 때가 아니라고.」

「제기랄! 나는 뱃놈이고 바타비아[10] 출신이오. 나는 일본에 네 번 갔는데 그때마다 십자가를 밟고 지나갔소. 보편적 이성 같은 건 딴 데 가서 알아보시구려.」

그동안 캉디드는 떨어진 돌에 맞아서 상처를 입고 길

---

9 1755년 11월 1일에 발생한 리스본 지진은 약 3만 명의 희생자를 냈다.

10 자카르타의 옛 이름.

에 쓰러져 있었다. 건물 파편에 반쯤 파묻힌 그가 팡글로스를 불렀다.

「선생님! 포도주하고 기름 좀 갖다 주세요. 꼭 죽을 것만 같아요.」

그러자 팡글로스가 대답했다.

「이번 지진은 전혀 새로운 게 아니야. 작년에 남아메리카의 리마도 똑같은 지진을 겪었지. 같은 원인에 같은 결과라고. 리마에서 리스본까지 지하에 유황대(硫黃帶)가 있는 게 틀림없어.」

「물론 그렇겠죠. 그렇지만 제발 기름과 포도주 좀……」

「아니, 그렇겠다니? 이건 이미 입증된 사실이야.」

캉디드는 정신을 잃었다. 그러자 팡글로스는 근처 샘에서 물을 퍼왔다.

다음 날 그들은 폐허 사이를 여기저기 헤치고 다니면서 양식을 찾아내어 그것으로 요기를 하고 조금 기운을 차렸다. 그러고는 다른 사람들과 합심하여 죽음을 모면한 주민들을 도와주었다. 그들이 도와준 사람들 중 몇몇이 그 와중에 나름대로 정성껏 차린 점심 식사를 그들에게 대접하였다. 물론 식사는 침울하였다. 모두들 빵을 먹으면서 눈물을 흘렸다. 팡글로스는 이 모든 것이 필연이라는 말로 그들을 위로하였다.

「왜냐하면 이 모든 것이 최선이기 때문입니다. 리스본에 있는 화산은 다른 곳에 있을 수 없어요. 왜냐하면 모든 사물은 현재 있는 곳 이외의 곳에 존재할 수 없기 때문이죠. 왜냐하면 모든 것이 최선이기 때문입니다.」

그 옆에 앉아 있던 검은 복장의 남자가 공손하게 말을 받았다. 그는 종교 재판소의 포리(捕吏)[11]였다.

「선생은 원죄를 믿지 않으시는 모양입니다그려. 만일 모든 것이 최선이라면 타락이나 벌도 없었다는 말이 되니까요.」

이 말에 팡글로스는 한결 더 공손하게 대답했다.

「각하, 외람된 말씀이오나 인간의 타락과 저주는 최선의 세계에 필연적으로 들어 있는 것이라고 봅니다.」

그러자 포리가 말했다.

「그럼 선생은 자유 의지를 믿지 않으시는 겁니까?」

「외람된 말씀이오나 자유 의지는 절대적 필연과 일치합니다. 왜냐하면 우리가 자유로운 것은 그것이 필수적이었기 때문입니다. 결국 의지란……」

팡글로스가 여기까지 얘기하였을 때 포리는 〈포르토〉인지 〈오포르토〉인지 하는 포도주를 따르고 있는 호위 무사에게 고갯짓을 하였다.

---

11 종교적 이단을 찾아내는 비밀 요원.

제6장
지진을 막기 위한 멋진 화형식은 어떻게 거행되었으며 캉디드는 어떻게 볼기를 맞았는가

지진이 리스본의 4분의 3을 파괴한 후, 나라 안의 현자들은 대책을 강구하였다. 도시가 완전히 파괴되는 것을 막기 위해 그들이 궁리해 낸 가장 효과적인 방법은 멋진 아우토다페[12]를 행하는 것이었다. 코임브라 대학[13]이 지진을 막는 가장 확실한 비법이라며 내놓은 방책이란 바로 몇 사람을 골라 약한 불에 천천히 태워 죽이는 장엄한 의식을 군중에게 제공하는 것이었다.

그리하여 비스카야 지방[14] 사람 하나를 자기 대모와

---

12 *auto-da-fé*. 문자 그대로 해석하면 〈신앙의 행위〉이나 실제로는 공개적인 죄의 고백과 죄를 사하는 행위와 함께 이단에 대한 화형이 이루어졌다.
13 1290년에 리스본에서 세워져 1537년 코임브라로 옮겨진 이 대학은 1911년까지 포르투갈의 유일한 대학이었다. 특히 코임브라는 예수회의 종교 재판소가 설치된 도시로 유명했다.
14 바스크 지방에 있는 주.

결혼했다는 죄목으로, 그리고 포르투갈 사람 둘을 닭고기를 먹을 때 비계를 떼고 먹었다는 죄목으로[15] 잡아들였다. 또한 문제의 점심 식사가 끝난 후에는 팡글로스와 캉디드도 잡혀갔다. 팡글로스의 죄목은 이야기를 했다는 것이고, 캉디드의 죄목은 동조하는 태도로 그 이야기를 들었다는 것이었다. 그들은 독방에 따로따로 갇혔는데 그곳은 지독하게 춥고 게다가 절대로 햇볕에 그을릴 염려가 없었다. 일주일 후, 사람들은 그들의 어깨에 산베니토[16]를 걸치고 머리에 종이 주교관[17]을 씌웠다. 캉디드의 산베니토와 종이 주교관에는 거꾸로 선 불꽃과 꼬리와 발톱이 없는 악마가 그려져 있었다. 한편 팡글로스의 복장에는 꼬리와 발톱이 있는 악마와 똑바로 선 불꽃 그림이 있었다. 그들은 이런 꼴로 행진을 하고 매우 감동적인 설교를 들었다. 이어 장엄한 성가 합창이 있었는데 사람들은 그 노래의 박자에 맞추어 캉디드의 볼기를 쳤다. 비계를 안 먹은 사람들은 화형에 처해졌고, 팡글로스는 통상적 관행과는 달리 교수형에 처해졌다. 바로 그날 무시무시한 굉음을 울리며 또다시 지진이 일어났다.

15 이것은 유대인의 관습이다.
16 베네딕트 교단 수도사가 입는 옷으로 화형에 처해지는 죄인의 복장이다.
17 고위 성직자들이 미사를 집전할 때 쓴 높고 뾰족한 관.

놀라고 당황하고 경악한 캉디드는 한군데도 성한 데 없이 온통 피투성이인 몸을 덜덜 떨며 마음속으로 절규했다.

「이것이 가능한 최선의 세계라면 다른 세계는 도대체 어떤 곳이란 말인가? 내가 볼기 맞은 것은 차치하자고. 불가리아 군대에서도 당했으니까. 그렇지만 아, 사랑하는 팡글로스 선생님! 세상에서 가장 위대한 철학자인 당신이 이유도 없이 교수형을 당하다니! 아, 사랑하는 야코프 씨! 세상에서 제일 착한 당신이 항구에서 물에 빠져 죽다니! 아, 퀴네공드 양! 여인 중의 진주인 당신을 배 갈라 죽이다니!」

　캉디드는 설교를 듣고 볼기를 맞고 죄 사함에 축복까지 받고 나서 그곳에서 풀려났다. 간신히 걸음을 옮기는 그에게 한 노파가 다가와서 말을 걸었다.

「젊은이, 힘을 내시오. 그리고 날 따라오시오.」

제7장
노파는 어떻게 캉디드를 돌보았는가, 그리고 그는 어떻게 사랑하는 사람을 다시 만나는가

캉디드는 전혀 힘이 나지 않았지만 그럼에도 불구하고 노파를 따라 오두막으로 들어갔다. 그녀는 연고 한 단지와 먹을 것과 마실 것을 주었다. 그러고 나서 제법 깨끗한 침대를 가리키며 말했다.

「먹고, 마시고, 푹 주무세요. 아토차의 성모님과 파도바의 성 안토니우스 님과 콤포스텔라의 성 야고보 님의 가호가 있기를! 나는 내일 다시 오겠어요.」

지금까지 본 일, 당한 일에 놀란 것보다 노파의 자비로운 행동에 더욱 놀란 캉디드는 그녀의 손에 입 맞추려 했다. 노파가 그를 제지하며 말했다.

「입 맞출 손은 따로 있어요. 내일 다시 올 테니, 연고 바르시고, 음식 드시고, 푹 주무세요.」

캉디드는 그토록 많은 불행을 겪었음에도 불구하고 먹고, 잤다. 다음 날 노파가 아침 식사를 가지고 와서 그의 등에 난 상처를 살펴보고 나서 다른 연고를 발라주었다. 이어 점심 식사를 가지고 왔고, 저녁 무렵 다시 저녁 식사를 가지고 왔다. 그다음 날도 똑같은 일이 반복되었다.

「당신은 누구십니까? 이 모든 친절은 모두 누구 덕입니까? 이 은혜를 어떻게 갚아야 할까요?」

노파는 여전히 아무 대답도 하지 않았다. 그날 저녁에 그녀는 다시 왔다. 그러나 이번에는 식사를 가져오지 않았다.

「자, 나와 함께 갑시다. 아무 말 마시고.」

그녀는 캉디드를 부축하여 5백 미터가량 시골 길을 걸어가더니 정원과 운하로 둘러싸인 외딴집 앞에서 발을 멈추었다. 그녀가 작은 문을 두드리자 안에서 문이 열렸다. 그녀는 비밀 계단을 통하여 캉디드를 금빛 작은 방으로 데리고 갔다. 그리고 비단 소파에 앉힌 후 문을 닫고 나갔다. 캉디드는 마치 꿈을 꾸는 것 같았다. 지금까지 살아온 것은 악몽이며, 지금 현재는 멋진 꿈처럼 생각되었다.

잠시 후 노파가 한 여자를 데리고 돌아왔다. 그 여자는 키가 무척 큰 데다 몸에는 온통 보석을 휘감았고, 머리에는 베일을 쓰고 있었는데 벌벌 떨고 있었기 때문에 노파는 그녀를 부축하느라 매우 힘들어 보였다.

「베일을 벗기세요.」

노파가 캉디드에게 말했다.

캉디드는 여인에게 다가가 조심스럽게 베일을 들어올렸다. 너무도 행복하고, 너무도 놀라운 순간이었다! 그는 그 여자가 퀴네공드 양이 아닌가 하고 생각했는데 사실이 그랬다. 바로 그녀였던 것이다. 그는 온몸에 힘이 쭉 빠져서 한마디 말도 못하고 그녀 발밑에 쓰러졌다. 퀴네공드도 소파에 쓰러졌다. 노파가 그들에게 독한 술을 퍼붓자 그들은 정신을 차리고 말을 하기 시작하였다. 처음에는 알아듣지 못할 외마디 소리만 지르다가, 이어 서로 동시에 묻고 대답하고 한숨을 쉬고 눈물을 흘리고 탄식을 터뜨렸다. 노파는 좀 조용히 하라고 주의를 주고 나서 물러갔다.

「정말 당신이 맞아요? 당신이 살아 있다니! 당신이 포르투갈에 있다니! 팡글로스 선생님은 사람들이 당신을 능욕하고 배를 갈랐다고 하던데 사실이 아니었나요?」

캉디드가 물었다. 그러자 아름다운 퀴네공드가 대답했다.

「맞아요. 하지만 그렇다고 다 죽는 것은 아니에요.」
「당신 아버지와 어머니는 정말로 돌아가셨나요?」
「그것은 불행히도 사실이에요.」

퀴네공드는 눈물을 흘리며 말했다.

「그럼 당신 오빠는요?」
「오빠도 죽었어요.」

「당신은 어떻게 포르투갈에 오게 되었나요? 내가 여기 있는 건 어떻게 알았고? 어떻게 해서 나를 이 집에 데려오게 되었나요?」

「다 말해 드릴게요. 하지만 그 전에 당신 얘기부터 해주세요. 우리의 순진한 입맞춤 때문에 당신이 발길질을 당하면서 쫓겨난 이후로 당신이 겪은 모든 일들을 말이에요.」

캉디드는 그녀의 말에 전적으로 복종하였다. 아직 정신이 얼떨떨하고 목소리는 작고 떨렸지만, 그리고 때로 허리가 아프고 쑤셨지만 그럼에도 불구하고 그녀와 헤어진 후에 자신이 겪은 일들을 그대로 얘기해 주었다. 퀴네공드는 때때로 하늘을 우러러보았고, 착한 야코프와 팡글로스의 최후 얘기를 들으면서 눈물을 흘렸다. 캉디드의 얘기가 끝나자 그녀는 캉디드에게 자기 얘기를 들려주었다. 캉디드는 열정적으로 그녀를 바라보면서 그녀의 말을 한마디도 놓치지 않고 열심히 들었다.

제8장
퀴네공드의 이야기

「하느님이 우리의 아름다운 툰더텐트론크 성에 불가리아 군사들을 보냈을 때 나는 침대 속에서 깊이 잠들어 있었어요. 그들은 아버지와 오빠의 목을 땄고, 어머니를 토막 내 죽였어요. 그 광경을 보고 나는 실신하고 말았어요. 그러자 키가 6척이나 되는 불가리아 군인이 나를 겁탈하려고 했어요. 그 바람에 정신이 든 나는 소리를 지르고 버둥거리고 물어뜯고 할퀴고 그자의 눈을 뽑아 버리려고 했어요. 당시 나는 우리 성에서 자행된 만행이 관행적이라는 것을 몰랐어요. 그 짐승 같은 놈은 칼로 제 왼쪽 옆구리를 찔렀어요. 그래서 아직도 상처가 남아 있답니다.」

「저런! 그 상처를 보고 싶군요.」

캉디드가 순진하게 말했다. 그러나 퀴네공드는 그 말을 간단히 일축하였다.

「나중에 보여 드릴게요. 우선은 이야기나 계속합시다.」
「그럽시다.」

캉디드가 동의하였다.

그녀는 이야기를 계속했다.

「불가리아군 대위가 들어와서 피투성이가 된 내 꼴을 보았어요. 상관이 들어와도 그자는 여전히 하던 짓을 계속하고 있었어요. 대위는 그자가 상관에 대한 예의를 표하지 않는 것에 화가 나서 내 몸 위에 있던 그를 죽였어요. 그러고는 상처에 붕대를 감아 준 다음, 나를 전쟁 포로로 삼고 자기 거처에 데리고 갔어요. 나는 몇 장 안 되는 그의 셔츠를 세탁해 주고 요리도 하였어요. 그는 나를 예쁘다고 생각했어요. 그건 사실이에요. 사실 그 사람도 꽤 잘생겼어요. 게다가 피부도 희고 부드러웠어요. 그렇지만 재치도 철학도 없었어요. 팡글로스 박사님의 가르침을 받지 않은 게 분명했어요. 3개월 후에 노름에서 돈을 모두 잃고, 또 내게 정나미도 떨어졌는지 나를 돈 이사샤르라는 유대인에게 팔았어요. 그이는 네덜란드와 포르투갈에서 장사를 하는데 여자를 무척 밝혔어요. 그이는 나를 갖기 위해 갖은 애를 썼지만 뜻을 이루지 못했어요. 이번에는 나도 불가리아 군인 때와 달리 내 자신을 방어할 줄 알았으니까요. 정숙한 여성이라도 한 번은 능욕을 당할 수 있어요. 그렇지만 그 경험을 통해서 정조 관념이 더욱 강해지지요. 그이는 나를 꾀여

목적을 이루기 위해 바로 여기 이 시골집으로 데리고 왔어요. 그때까지 나는 우리 툰더텐트론크 성처럼 아름다운 곳은 아무 데도 없다고 생각했었어요. 그런데 여기 와보니 그게 아니더군요.」

「어느 날 종교 재판소장이 미사 중에 나를 보았어요. 그는 내게 여러 번 추파를 던지더니 내게 사람을 보내 긴한 얘기가 있다고 했어요. 그의 성으로 인도되어 갔을 때 나는 내 출생 신분을 밝혔어요. 그러자 그는 내가 유대인에게 속해 있는 것이 얼마나 내 신분에 어울리지 않는 비천한 일인지 설명해 주었어요. 그러고는 돈 이사샤르에게 사람을 보내 나를 양보하라고 하였어요. 왕실의 은행가이자 세력가인 돈 이사샤르는 이를 거절하였죠. 그러자 재판소장은 아우토다페를 들먹이며 위협하였고 결국 돈 이사샤르는 겁이 나서 이 집과 나를 두 사람의 공동 소유로 한다는 계약을 맺었어요. 월요일과 수요일, 그리고 유대교의 안식일인 토요일은 유대인이, 그 외의 날들은 재판소장이 소유하는 것이죠. 이 협약은 6개월 전부터 그대로 시행되고 있어요. 물론 문제가 없었던 건 아니에요. 토요일과 일요일 사이의 밤을 어떻게 하느냐, 옛 법을 따를 것이냐 새 법을 따를 것이냐 하면서 논쟁이 벌어졌거든요. 나는 지금까지 두 사람 다 거부하고 버텼어요. 아마도 그 덕에 아직까지 사랑을 받고 있는 것 같아요.」

「지진의 재앙을 면하고 또 돈 이사샤르를 겁주기 위해 종교 재판소장은 아우토다페를 거행했죠. 나도 그 자리에 초대되었어요. 제 자리는 매우 좋은 곳이었어요. 미사가 끝나고 화형이 시작되기 전에 부인들에게 음료가 제공되었어요. 사실 나는 유대인 두 명과 대모와 결혼한 무고한 비스카야 사람이 불에 타죽는 것을 보고 경악을 금치 못했어요. 그런데 글쎄 이번에는 팡글로스 선생님을 닮은 인물이 산베니토와 종이 주교관을 쓰고 나오지 뭐예요. 어찌나 놀라고 질겁했는지! 나는 눈을 비비고 뚫어져라 쳐다보았어요. 그가 교수형에 처해지더군요. 나는 기절하고 말았어요. 다시 정신을 차렸을 때 벌거벗은 당신 모습이 보였어요. 그때의 공포와 경악과 고통과 절망이라니! 정말 이루 말할 수 없었어요. 솔직히 말해 당신 살갗은 불가리아 대위보다 더 희고 선명했어요. 그 모습을 보니 내 마음을 괴롭히고 내 가슴을 에는 그 모든 감정이 더욱 격해졌어요. 나는 소리를 질렀어요. 〈멈춰라, 이 야만인들아!〉 하고 외치려고 했어요. 그런데 목소리가 나오질 않더군요. 물론 외쳐 본들 아무 소용없었을 거예요. 당신 태형이 끝났을 때 나는 이런 생각을 했어요. 〈어쩌면 이럴 수가! 사랑스런 캉디드와 지혜로운 팡글로스 선생님이 리스본에 오다니! 한 사람은 1백 번의 채찍질을 당하고, 또 한 사람은 교수형을 당하게 되다니! 그것도 나를 끔찍이 총애하는 종교 재판소장의 명령으로! 팡글로스 선생님은 모든 것이 최선으로 잘돼 간다고 했는데 이게 뭐람! 정말이지 선생님은 나를 완전히 속였구나.〉」

「나는 너무도 흥분하고 당황했어요. 한순간 머리끝까지 화가 났다가, 다음 순간에는 힘이 너무 없어서 당장 그 자리에 쓰러져 죽을 것만 같았어요. 머릿속에는 지난 일이 주마등처럼 지나갔어요. 살해당한 아버지와 어머니와 오빠, 그 나쁜 불가리아 군인의 뻔뻔스런 짓거리, 그놈이 찌른 상처, 노예 같았던 내 처지, 요리사 노릇, 불가리아 대위, 비열한 돈 이사샤르, 가증스러운 종교재판소장, 팡글로스 박사님의 교수형, 당신이 볼기를 맞는 동안 성가대가 불렀던 미제레레,[18] 그리고 무엇보다도 내가 당신을 마지막으로 봤던 날 병풍 뒤에서 당신이 내게 해준 그 키스……. 그러자 하느님에 대한 찬양이 솟아났어요. 수많은 시련을 거쳐 당신을 내게 인도해 주셨지요. 나는 늙은 하녀에게 당신을 돌보라고 했죠. 당신이 움직일 수 있게 되면 바로 이곳으로 모셔 오라고 말이에요. 그녀는 내 심부름을 아주 잘 해주었어요. 그래서 이렇게 당신을 보고, 당신 목소리를 듣고, 당신에게 이야기를 할 수 있게 되었어요. 정말 얼마나 기쁜지 몰

---

18 Miserere. 시편 제51편의 〈*miserere mei Deus*(하느님, 선한 이여, 나를 불쌍히 여기소서)〉의 첫머리이다. 참회의 노래로 죽은 사람을 위한 오피치움이나 성주간의 찬과(讚課) 등에 주로 쓰인다.

라요. 당신, 무척 시장하겠군요. 나도 몹시 배가 고파요. 그러니 우선 저녁부터 들도록 해요.」

둘은 식탁으로 갔다. 그리고 저녁 식사가 끝나자 앞에서 언급한 그 훌륭한 소파에 다시 앉았다. 그때 두 명의 집주인 중의 하나인 돈 이사샤르가 도착했다. 그날은 안식일이었다. 그래서 자신의 권리를 누리기 위해, 또한 자신의 사랑을 고백하기 위해 달려온 것이었다.

제9장
퀴네공드와 캉디드와 종교 재판소장과 유대인에게 일어난 일

 돈 이사샤르는 바빌론 유수 이래 태어난 이스라엘인들 중에서 가장 성마른 사람이었다.

「아니, 이런 더러운 기독교 년 같으니! 재판소장님 가지고는 부족하단 말이냐? 이 놈팡이하고도 베개 동서가 되란 말이냐?」

 이 말과 동시에 그는 항상 차고 다니던 긴 비수를 뽑아 들고는 그대로 캉디드에게 달려들었다. 상대방에게 무기가 있을 리 없다고 생각한 까닭이었다. 그러나 이는 오산이었다. 노파는 캉디드에게 훌륭한 옷 한 벌과 함께 어울리는 멋진 장검까지 주었던 것이다. 그는 천성이 매우 온화하였지만 어쩔 수 없이 검을 빼야만 했다. 그러고는 엉겁결에 휘둘렀는데, 그것이 명중하여 유대인은 아름다운 퀴네공드의 발밑에 그대로 죽어 나자빠졌다.

「아이고, 성모님! 어떡하면 좋아요? 우리 집에서 사람이 죽다니! 경찰이 오면 우린 끝장이에요.」

퀴네공드가 이렇게 울부짖자 캉디드가 말했다.

「대철학자인 팡글로스 선생님이 교수형을 당하지 않았더라면 이런 극한 상황에서 빠져나갈 묘수를 가르쳐 주었을 텐데. 그분이 없으니 노파에게라도 물어봅시다.」

노파는 매우 신중한 사람이어서 서두르지 않았다. 그래서 막 그녀가 자기 의견을 말하려고 하는데 갑자기 뒷문이 열렸다. 새벽 1시가 되었으니 이제 일요일이 시작된 것이다. 일요일은 종교 재판소장의 날이었다. 방 안에 들어선 그의 눈앞에 기막힌 광경이 펼쳐져 있었다. 며칠 전 태형을 받았던 캉디드가 손에 검을 들고 있고, 시체 한 구가 땅바닥에 나뒹굴고, 퀴네공드는 새파랗게 질려 있고, 노파는 뭔가 충고를 하고 있는 것이 아닌가!

그 순간 캉디드의 머릿속에 다음과 같은 생각이 전광석화처럼 지나갔다.

「만일 종교 재판소장이 사람을 부른다면 분명히 나는 화형을 당할 것이고, 퀴네공드 양도 마찬가지 꼴을 당할 것이다. 이 사람은 벌써 내게 무자비한 태형을 가했고 또 내 연적이기도 해. 게다가 나는 이미 사람을 죽이지 않았는가? 그러니 망설여선 안 돼.」

재빨리 판단을 내린 캉디드는 재판소장이 정신 차릴 틈을 주지 않고 바로 그를 정통으로 찔렀다. 재판소장은 푹 꼬꾸라져 유대인 옆에 뻗어 버렸다.

그러자 퀴네공드가 말했다.

「한 명 더 죽였으니 이제 절대로 용서 받지 못하겠군요. 우리는 파문을 당할 거고. 이젠 끝장이에요. 당신같이 착한 분이 어떻게 눈 깜짝할 사이에 사람을 두 명씩이나 죽일 수 있어요?」

그러자 캉디드가 말했다.

「퀴네공드 양, 사람이 사랑에 빠져 질투를 하고, 또 종교 재판에서 태형까지 받으면 제정신을 잃게 된답니다.」

그때 노파가 나섰다.

「마구간에 멋진 안달루시아 말 세 필이 있어요. 안장과 고삐도 있죠. 캉디드 님은 가서 마구를 준비하세요. 아가씨는 돈과 다이아몬드를 챙기고. 빨리 말을 타고 카디스로 갑시다. 저는 한쪽 엉덩이로밖에 말을 탈 수 없지만, 그래도 날씨가 이리 좋으니 시원한 밤중에 움직이면 정말 기분이 좋을 거예요.」

캉디드는 곧 말에 안장을 얹었다. 세 사람은 단번에 약 50킬로미터를 달렸다. 그들이 멀리 달아나는 동안 집에는 방범대가 들이닥쳤다. 종교 재판소장은 아름다운 성당에 묻혔고 유대인의 시체는 쓰레기 구덩이에 던져졌다.

캉디드와 퀴네공드와 노파는 시에라 모레나 산맥 속에 있는 아바세나라는 조그만 마을에 도착했다. 그들은 마을의 한 주막에서 다음과 같은 얘기를 나누었다.

제10장
캉디드와 퀴네공드와 노파는 어떤 곤경 속에서 카디스에 도착하게 되는가

「누가 내 돈과 다이아몬드를 훔쳐 갔을까요? 앞으로 뭘 먹고 살죠? 어떻게 해야 하죠? 그런 걸 얻으려면 유대인이나 종교 재판소장이 있어야 할 텐데, 어디 가서 그런 사람을 찾죠?」

퀴네공드가 이렇게 울먹거리자 노파가 말했다.

「아이고, 어찌 이런 일이! 어젯밤에 바다호스에서 우리와 함께 여관에 묵었던 프란체스코회 수도사 짓이 분명해요. 물론 괜한 사람 누명 씌우면 안 되겠지만, 그래도 그 사람은 우리 방에 두 번이나 들어왔었어요. 게다가 우리보다 훨씬 일찍 떠났거든요.」

그러자 캉디드가 말했다.

「아이고, 세상에! 팡글로스 선생님에 의하면 세상의 재물은 모든 사람의 공동 소유니까 누구든 공평하게 가질 권리가 있는 거라는데. 그 원칙에 의하면 수도사도 우리에게 여비 정도는 남겨 주었어야 해요. 그런데 정말 한 푼도 안 남은 겁니까, 퀴네공드 양?」

「일전도 없어요.」

「그럼 어떻게 해야 할까요?」

그러자 노파가 대답했다.

「말 한 필을 팝시다. 저는 아가씨 뒤쪽에 앉아 가죠. 물론 저는 한쪽 엉덩이로밖에 탈 수 없지만, 그래도 어쨌든 카디스까지 갈 수 있을 거예요.」

그들은 같은 주막집에 있던 베네딕트 교단 수도원장에게 말 한 필을 헐값에 팔았다. 캉디드와 퀴네공드와 노파는 루세나와 치야스와 레브리하를 거쳐 드디어 카디스에 도착했다. 마침 그곳에서는 파라과이의 예수회 신부들을 응징하기 위해 출정할 함대가 조직되고 있었다. 그들은 산사크라멘토 시 근처의 인디언 부족을 충동질하여 스페인과 포르투갈 왕에 대해 반란을 일으켰다고 했다. 그래서 카디스에는 진압군이 속속 모여들고 있었다.[19] 캉디드는 불가리아 군대에서 복무하였기 때문에

19 1609년 예수회 신부들은 파라과이 인접 지역인 아르헨티나의 미시오네스 주에 도착해서 과라니족을 상대로 선교 활동을 펼쳤다. 선교사들은 인디언들을 교화시킬 목적으로 성당과 학교가 있는 〈인디언 교화 부락〉을 곳곳에 세웠는데, 이를 〈레두시온〉이라고 했다. 전도를 위해 세운 레두시온은 과라니족에 융화되어, 전성기에는 17만 명이 레두시온에 살 만큼 성공적으로 뿌리내렸다. 그러나 문제가 있었다. 그 지역의 대지주들은 원주민들과 무역을 독점하는 예수회를 달가워하지 않았고,

진압군 대장 앞에서 불가리아식 제식 훈련 시범을 보였다. 그 모습이 매우 절도 있고 민첩하고 품위 있었기 때문에 그 즉시 보병 중대장으로 채용되었다. 이제 대위가 된 것이다. 그리하여 그는 곧 퀴네공드 양과 노파와 하인 두 명과 함께 배를 타고 출항하였다. 물론 포르투갈의 종교 재판소장 소유였던 안달루시아산 말 두 필도 함께 데리고 갔다.

항해하는 도중, 그들은 팡글로스 박사의 철학에 대해 자주 논의하였다.

「이제 우리는 전혀 다른 세계에 가게 됩니다. 아마도 최선의 세계는 그곳일 것입니다. 사실 우리가 살던 곳에서는 정신적으로나 육체적으로나 괴로움이 좀 있었지요.」

캉디드가 이렇게 말하자 퀴네공드가 받아 말했다.

「나는 당신을 정말 사랑해요. 하지만 내가 보고 겪은 일을 생각하면 아직도 소름이 끼쳐요.」

「모든 것이 잘될 겁니다. 바다만 봐도 그래요. 신세계의 바다는 우리 유럽의 바다보다 더 좋잖아요? 더 잔잔하고 바람도 한결같고. 분명히 신세계는 최선의 세계일 것입니다.」

「제발이지 그랬으면 얼마나 좋을까요! 하지만 나는 우리 세계에서 하도 불행한 일을 많이 당해서 쉽게 희망

그 때문에 스페인 정부와 연합하여 예수회 세력과 투쟁을 벌였다. 그 결과 예수회는 1767년에 추방당하고 말았다.

을 가질 수가 없네요.」

그러자 노파가 말했다.

「그 정도 가지고 뭘 그러세요. 두 분이 겪은 불행은 저에 비하면 새 발의 피입니다.」

퀴네공드는 어이가 없어서 실소를 금치 못하였다. 노파가 자기보다 더 큰 불행을 겪었다니 이 얼마나 가당치 않은 말인가.

「아이고, 할멈. 그런 말 마세요. 혹시 할멈이 불가리아 군인 두 명에게 능욕당하고, 배에 칼을 두 번 맞고, 할멈네 성 두 채가 불타고, 어머니 두 명, 아버지 두 명이 목에 칼을 맞아 죽고, 할멈 애인 두 명이 종교 재판에서 태형을 당했다면 또 모를까. 게다가 나는 72대 조상까지 셀 수 있는 남작 집안의 귀한 딸로 태어나 천한 식모 노릇까지 했어요.」

그러자 노파가 대답했다.

「아가씨, 아가씨는 제 신분을 모르시지요. 게다가 제 엉덩이도 못 보셨지요. 그걸 보시고 나면 아마 그런 말씀 못하실 겁니다.」

노파의 말에 퀴네공드와 캉디드는 호기심을 억누를 수 없었다. 노파는 다음과 같이 이야기를 시작했다.

제11장
노파의 이야기

「내 눈이 예전부터 이렇게 흐릿하고 벌겋던 건 아니에요. 코도 이렇게 턱에 닿을 정도로 늘어지지 않았어요. 원래 하녀 신분도 아니었고요. 나는 교황 우르바누스 10세[20]와 팔레스트리나 공주의 딸입니다. 나는 열네 살까지 아주 호화로운 성에서 자랐어요. 거기에 비하면 당신네 독일 남작의 성 같은 건 마구간 정도도 안 돼요. 내가 입었던 옷은 한 벌만 팔아도 베스트팔렌 땅 전부를 살 수 있을 정도로 값진 것이었어요. 나는 즐거운 환경 속에서 주위의 존경과 기대를 한 몸에 받으며, 아름답고 우아하고 재기 발랄한 처녀로 자라났어요. 나를 사모하는 사람도 생겨났죠. 가슴이 부풀어 오르기 시작했는데 정말 희고 단단한, 예쁜 가슴이었어요. 메디치가의 비너스 상처럼

---

20 존재한 적이 없는 가상의 교황.

완벽한 형태였죠. 또 눈은 어떻고요! 아름다운 눈꺼풀에 검고 긴 속눈썹, 게다가 눈동자로 말할 것 같으면 별보다 더 영롱하다고들 했죠. 여러 시인들이 그렇게 썼답니다. 옷시중을 들던 시녀들은 옷을 입히고 벗길 때마다 나를 앞뒤로 돌려 보면서 찬탄을 금치 못했어요. 아마도 그럴 수만 있다면 남자들 모두가 내 시녀 노릇을 하려고 했을 거예요.」

「나는 마사카라라의 군주와 약혼하였어요. 얼마나 멋진 분이었는지! 너무도 잘생긴 외모에 부드럽고 매력이 넘치고 재기 발랄한 데다 사랑에 불타는 분이었어요. 첫사랑이 다 그렇듯이 나는 그분을 너무도 열렬히 사랑하고 숭배했어요. 일찍이 본 적이 없는 화려하고 장엄한 결혼식이 준비되고 있었어요. 축제와 군악 연주회가 계속되고 희가극이 끊임없이 상연되었어요. 이탈리아 전역에서 시인들이 나를 찬양하는 시를 지어 바쳤어요. 물론 그중에서 쓸 만한 것은 하나도 없었지만 말이지요. 행복의 절정에 도달하는 날이 하루하루 다가오고 있었어요. 그런데 문제는 내 왕자님의 예전 정부였던 나이 든 후작 부인이었어요. 어느 날 그녀는 코코아를 마시자는 핑계로 왕자님을 자기 집에 초대하였어요. 왕자님은 그녀의 집에서 돌아온 지 두 시간도 못 되어 지독한 경련을 일으키더니 그냥 절명하고 말았어요. 하지만 그건 아무것도 아니었어요. 내 어머니는 무척 상심하셨어요. 물론 나의 절망에 델 바는 아니었지만. 그래서 얼마 동안 그 불행한 곳을 떠나서 가에타 근처에 있는 어머니 소유의 아름다운 영지에 가기로 결정하셨어요. 우리는 로마에 있는 성 베드로 성당의 제단처럼 금빛 찬란한 갤리선을 타고 떠났어요. 그런데 도중에 모로코 해적선의 공격을 받았어요. 우리 군사들은 교황의 군사답게 방어하였어요. 그게 뭐냐 하면 모두 무기를 버리고 무릎을 꿇는 거예요. 죽기 전에 대사(大赦)를 받게 해달라고 빌면서 말이지요.」

「해적들은 우리 모두를 실오라기 하나 남겨 놓지 않고 발가벗겼어요. 나와 어머니, 그리고 시녀들도 마찬가지였지요. 신속하게 옷을 벗기는 이 양반들의 솜씨는 정말 놀라웠어요. 하지만 더욱 놀라웠던 것은 그 사람들이 우리 여자들은 기껏해야 관장기 정도만 넣는 그곳에 손가락을 집어넣는 것이었어요. 나는 그것이 정말 이상했어요. 자기 나라에서 벗어나 본 적이 없는 사람들은 모든 것을 그렇게 판단하지요. 나중에 알고 보니 혹시 그 속에 다이아몬드라도 감췄나 싶어서 그런다더군요. 그건 바다를 지배하는 문명국들 사이에서 태곳적부터 내려오는 관습이라 몰타 기사단도 터키인들을 잡으면 남녀 가리지 않고 모두에게 그 짓을 한다고 해요. 그것은 모든 나라에 공통된 법이라 누구도 그것을 거역하지 못한다는군요.」

「젊은 공주가 어머니와 함께 모로코에 노예로 끌려가

는 것이 얼마나 힘들었을지는 말 안 해도 잘 아시겠지요. 우리가 해적선에서 당한 고초도 충분히 짐작하시겠지요. 어머니는 여전히 매우 아름다웠어요. 우리 시녀들은 물론이고 몸종조차 아프리카의 어느 미인보다 매력적이었어요. 나로 말할 것 같으면 아름다움과 우아함 그 자체인 매력 덩어리였죠. 게다가 숫처녀이기도 했고. 하지만 처녀로 오래 머물러 있지 못했어요. 마사카라라의 잘생긴 왕자님을 위해 간직했던 나의 처녀성을 해적 선장에게 빼앗기고 말았으니까요. 그는 흉측한 검둥이였는데 그 주제에 자기가 내게 큰 영광을 베풀었다고 생각했어요. 팔레스트리나 공주님과 나는 분명 매우 강인한 기질을 타고났나 봐요. 모로코에 도착할 때까지 그 많은 고초를 꿋꿋이 이겨 내었으니까요. 하지만 그 얘긴 그만둡시다. 그런 건 너무 흔해서 얘기할 가치조차 없으니까.」

「우리가 모로코에 도착했을 때, 그곳은 온통 피바다였어요. 물레이 이스마일 황제[21]의 아들 50명은 각기 당파를 하나씩 이끌고 있었어요. 그 바람에 50번의 내란이 일어났어요. 흑인 대 흑인, 흑인 대 구릿빛 인종, 구릿빛 인종 대 구릿빛 인종, 흑백 혼혈 대 흑백 혼혈, 이렇게 온갖 인종들 사이에 서로 죽고 죽이는 싸움이 전국에서 끊이지 않았어요.」

21 1672년 모로코 왕위에 올랐다. 폭군으로 군림하였지만 정치가로서는 탁월한 면모를 보인 것으로 알려져 있다.

「우리가 상륙하자마자 해적단의 적인 한 무리의 흑인들이 전리품을 빼앗으러 왔어요. 우리는 다이아몬드와 금 다음으로 값진 전리품이었지요. 내가 목격한 전투는 유럽 같은 기후에서는 결코 볼 수 없는 것이었어요. 북쪽 사람들은 그렇게 피가 뜨겁지 않아요. 또 아프리카 사람들처럼 그렇게 여자를 광적으로 밝히지 않죠. 당신들 유럽인들의 혈관에는 우유가 흐르고, 아프리카인들의 혈관에는 진한 황산이나 불이 흐르는 것 같아요. 그들은 우리를 차지하기 위해 사자처럼 호랑이처럼 또 그 지역의 독한 뱀처럼 무섭게 싸웠어요. 어느 무어인이 어머니의 오른팔을 잡고, 왼팔은 해적 선장의 부관이, 한 다리는 또 다른 무어인이, 그리고 또 한 다리는 다른 해적이 잡았어요. 시녀들도 각자 그런 식으로 네 사람에게 한꺼번에 잡혀 있었어요. 나로 말할 것 같으면 해적 선장이 자기 뒤에 감추어 놓고 언월도를 휘둘러 지켜 주었어요. 달려드는 사람을 모조리 죽이면서 말이지요. 결국 나의 어머니를 비롯한 모든 이탈리아 여자들은 그녀들을 서로 차지하려고 다투는 사람들 손에 사지가 찢기고 몸이 잘려서 죽고 말았어요. 포로들, 내 동료들, 그들을 잡은 사람들, 군인, 선원, 검은 피부, 구릿빛 피부, 백인, 흑백 혼혈, 그리고 해적 선장까지 모두 다 죽고 나는 산처럼 쌓인 시체 더미 위에서 죽어 가고 있었어요. 그 나라 전역, 삼천리 방방곡곡에서 그 같은 참혹한 장면이 매일같이 벌어지고 있었어요. 그 와중에도 그들은 마호메트가 명한 하루 다섯 차례의 기도를 빼먹는 법이 없었어요.」

「나는 피범벅인 시체 더미를 겨우 헤치고 나와 근처 시냇가의 커다란 오렌지나무까지 기어가서는 공포와 경악과 절망과 굶주림에 지쳐 쓰러지고 말았어요. 그리고 곧 의식이 혼미해지면서 잠에 빠져들었는데 그것은 휴식이 아니라 기절이었어요. 이렇게 기진맥진하여 정신을 잃고 삶과 죽음 사이를 넘나들고 있던 중에 뭔가가 내 몸 위에서 움직이는 것을 느꼈어요. 눈을 떠보니 어떤 인상 좋은 백인 남자가 한숨을 쉬며 이탈리아 말로 이렇게 말하는 것이었어요. ⟨*O che sciagura d'essere senza c*……(고환을 잃다니 이런 불행이 어디 있는가)!⟩」

제12장
노파의 불행 속편

「내 나라 말이 들리는 게 놀랍고 반가워서, 그리고 또 그 남자의 한탄이 그에 못지않게 놀라운 내용이라 나는 세상에는 그보다 더 큰 불행도 있다고 대답했어요. 그리고 내가 겪은 참혹한 일들을 몇 마디 말로 간단히 들려준 다음 지쳐서 다시 쓰러지고 말았어요. 그는 나를 이웃에 있는 집으로 데려가서 침대에 눕히고 먹을 것을 주고 시중을 들어주고 위로하고 어루만졌어요. 또 세상에서 나보다 아름다운 사람은 본 적이 없으며, 절대로 되찾을 수 없는 그것을 잃은 것에 지금처럼 통탄해 본 적도 없다고 했어요.

〈나는 나폴리에서 태어났습니다. 그곳에서는 매년 2천~3천 명의 아이들이 거세되고 있어요. 그 아이들 중 일부는 죽고, 일부는 여자보다 더 아름다운 목소리를 갖게 되고, 또 일부는 나라를 다스리게 되지요. 나의 경우

에는 수술이 매우 성공적이어서 팔레스트리나 공주님의 예배당에서 음악가로 일하게 되었어요.〉

〈우리 어머니의 예배당에서요?〉

나는 놀라서 이렇게 외쳤어요.

〈아니, 당신 어머니라고요? 그럼, 당신이 바로 내가 여섯 살 때까지 키운 그 공주님입니까? 지금의 당신처럼 아름답기 그지없던 바로 그 어린 공주님이란 말입니까?〉

그는 감격하여 눈물까지 흘렸어요.

〈네, 그래요. 어머니는 여기서 4백 걸음도 안 되는 곳에 계세요. 시체 더미 속에 사지가 잘린 채 말이죠.〉

나는 내가 겪은 모든 것을 그에게 이야기했고, 그 역시 자신의 사연을 들려주었습니다. 그는 한 기독교 국가에 의해 모로코 왕과 조약을 체결하는 임무를 띠고 그곳에 파견되었습니다. 그 조약은 이쪽에서 화약과 대포와 선박 들을 제공하고, 대신 모로코는 이 나라 이외의 다른 기독교 국가들의 무역을 근절시킨다는 내용이었습니다.

〈내 임무는 끝났어요. 나는 세우타[22]에서 배를 탈 예정입니다. 당신을 이탈리아로 모셔다 드리겠어요. *Ma che sciagura d'essre senza c······!*〉

그 정직한 고자가 말했습니다.

나는 감격하여 눈물을 흘리며 감사했지요. 하지만 그

---

22 스페인의 지브롤터 건너편에 있는 북아프리카의 항구.

는 나를 이탈리아로 데려가는 대신 알제로 데리고 가서 그 지방의 태수에게 나를 팔아넘겼어요. 내가 노예로 팔린 직후 아프리카와 아시아와 유럽을 휩쓸던 페스트가 알제에 창궐하였어요. 아가씨, 지진은 겪어 보셨지요? 그런데 페스트에 걸려 보신 적 있나요?」

「아뇨, 없어요.」

퀴네공드가 대답했다.

「그 병에 걸려 보셨다면 그게 지진보다 더 끔찍하단 걸 아실 텐데요. 그 병은 아프리카에 아주 흔하답니다. 나도 그만 걸리고 말았어요. 생각 좀 해보세요. 교황의 딸이, 게다가 열다섯 살밖에 안 된 어리디 어린 여자가 불과 3개월도 채 안 되는 사이에 가난과 노예 생활을 맛보고, 거의 매일 능욕을 당하고, 어머니의 사지가 찢기는 참경을 목도하고 굶주리고, 전쟁의 참화를 겪은 데다 이제는 알제에서 전염병에 걸려 죽을 지경이 되었으니 그 정황이 어떠했겠습니까? 하지만 나는 죽지 않았어요. 그렇지만 날 팔아넘긴 그 고자와 알제의 태수, 그리고 그 태수의 처첩 대부분이 죽었어요.」

「그 가공할 전염병이 조금 사그라들자 사람들은 태수의 노예들을 내다 팔았어요. 어느 상인이 나를 사서 튀니스로 데리고 갔어요. 거기서 그는 나를 다른 상인에게 팔았고, 그는 또다시 나를 트리폴리 사람에게 팔았어요. 그 후에도 나는 계속 이런 식으로 알렉산드리아, 스미르나, 콘스탄티노플로 팔려 다니다 결국 어떤 터키 근위병 사령관의 소유가 되었는데, 그는 곧 아조프[23]를 포위하고 있는 러시아군에 맞서 그 도시를 방위하는 임무를 띠고 출정하게 되었어요.」

「사령관은 여자를 무척 좋아해서 전장에 가면서도 처첩을 모두 데리고 갔어요. 그러고는 그곳의 조그만 요새에 가둬 두었어요. 환관 두 명과 군인 스무 명을 보초로 남겨 두었지요. 터키군은 러시아인들을 수없이 죽였어요. 러시아인들도 우리에게 똑같이 갚아 주었어요. 아조프는 불과 피의 바다가 되었어요. 그들은 남녀노소 가리지 않고 모두 죽였어요. 이제 남은 것은 우리가 있는 작은 요새뿐이었어요. 적은 아사 작전을 썼죠. 스무 명의 근위병은 절대로 항복하지 않겠다는 맹세를 해놓은 참이었어요. 그래서 배고픔이 극도에 달하자 그 맹세를 깨지 않기 위해 환관 두 명을 잡아먹었어요. 며칠 후에는 여자들까지 잡아먹기로 하였어요.」

「그곳에는 매우 신앙심 깊고 인간미 있는 이맘이 있었는데 그 사람이 군인들에게 멋진 설교를 했어요. 우리를 아주 죽이지는 말라는 것이었죠.

〈그냥 한쪽 엉덩이만 잘라먹어도 충분하지 않겠소? 또 필요하면 며칠 있다가 또 한쪽을 자르면 되지 않소?

---

23 돈 강 하류와 아조프 해에 면해 있는 도시로, 아조프 해는 흑해 북쪽의 해역이다.

그러면 하늘도 당신들의 자비를 어여삐 여겨 당신들을 구출해 주실 것이오.〉

군인들은 그의 열변에 설득되어 우리에게 그 끔찍한 수술을 감행했어요. 그 이맘은 할례를 받은 아이들에게 발라 주는 진통제를 우리에게 발라 주었어요. 우리는 모두 죽어 가고 있었어요. 군인들이 우리가 제공한 식사를 채 끝내기도 전에 러시아 군대가 바닥이 납작한 배를 타고 들이닥쳤어요. 단 한 명의 군인도 살아남지 못했죠. 러시아 군사들은 우리 처지 같은 건 아랑곳하지 않았어요. 하지만 그곳에는 프랑스 의사가 있었어요. 이 세상에 프랑스 외과 의사가 없는 곳은 없죠. 그러니 물론 러시아 군대에도 있었는데 그 사람이 매우 솜씨 좋게 우리를 치료해 주었어요. 그 덕에 우리는 살 수 있었어요. 내가 평생토록 잊지 못할 일은 내 상처가 낫자 그 의사가 내게 수작을 걸어왔다는 것이에요. 그는 우리 모두에게 너무 상심하지 말라고 하였어요. 포위 중에는 이런 일이 종종 일어나며, 그것이 전쟁의 법칙이라고 하면서 말이지요.」

「우리 여자들이 걸을 수 있게 되자 그들은 우리를 모스크바로 데려갔어요. 나는 어느 귀족 집으로 가서 정원을 돌보게 되었는데 그 귀족은 나를 하루에 스무 대씩 때렸어요. 2년 후, 주인은 궁정의 모략에 휘말려 다른 귀족 30명과 함께 차형(車刑)을 당하게 되었어요. 나는 그 틈을 타서 도망쳤어요. 러시아를 가로질러 리가[24]에 가서 오랫동안 주막집 하녀로 일하였고, 로스토크,[25] 비스마르,[26] 라이프치히, 카셀, 유트레이트, 라이덴, 헤이그, 로테르담[27] 같은 여러 도시를 전전했어요. 엉덩이 한 쪽이 없는 병신이지만 그러나 교황의 딸이라는 사실을 결코 잊지 않으며 나는 가난과 치욕 속에서 늙어 갔어요. 골백번 죽으려고 했어요. 하지만 나는 아직 삶을 사랑해요. 이 어리석은 나약함이 아마도 우리 인간이 가진 가장 치명적인 약점이 아닐까요? 등에 진 무거운 짐을 땅에 내동댕이치고 싶어 하면서도 여전히 그대로 지고 있으려는 사람보다 더 어리석은 사람이 있을까요? 삶을 혐오하면서도 그것에 집착하다니! 무서운 뱀을 품에 안고 있다니! 우리 몸을 파먹는 줄 뻔히 알면서도, 결국 그것이 우리 심장을 파먹을 때까지 내버려 두다니! 이런 바보가 또 어디 있을까요?

운명의 장난으로 내가 돌아다닌 여러 나라와 내가 일했던 여러 여관에서 나는 자기 삶을 저주하는 사람들을 수없이 보았어요. 그러나 자신의 비참한 삶에 스스로 종지부를 찍은 사람은 열두 명밖에 보지 못했어요. 흑인

24 라트비아의 수도. 발틱 해에 면해 있다.
25 발틱 해에 면해 있는 독일 동북부의 항구 도시.
26 발틱 해에 면해 있는 독일 북부의 작은 항구 도시.
27 유트레이트와 라이덴, 헤이그, 로테르담은 모두 네덜란드의 도시들이다.

세 명과 영국인 네 명, 제네바인 네 명, 그리고 로베크[28]라는 독일 교수뿐이었어요. 어찌 되었건 나는 최종적으로 유대인 돈 이사샤르 집의 하녀가 되었고, 그 사람이 시켜서 아름다운 아가씨, 당신 시중을 들게 된 것이죠. 나는 당신 운명에 관심을 갖게 되었고, 내 자신의 일보다 아가씨 일에 더 신경을 쓰게 되었어요. 아가씨가 내 자존심을 건드리지 않았다면, 또 대체로 배를 탈 때면 심심파적 삼아 이야기를 하는 것이 관례가 아니었다면 절대로 내 과거사를 들추지 않았을 거예요. 어쨌든 아가씨, 나는 경험이 많고 세상을 잘 알아요. 한번 재미 삼아 승객들 모두에게 자기 과거를 얘기하라고 해보세요. 만일 자기 인생을 이따금씩 저주해 보지 않은 사람이 있다면, 또 자기가 이 세상에서 제일 불행한 사람이라고 생각해 보지 않은 사람이 단 한 명이라도 있다면, 나를 바다에 거꾸로 처넣으세요.」

---

28 요한 로베크를 말한다. 자살에 관한 논문을 썼고, 1739년에 실제로 자살을 감행했다.

제13장
캉디드는 어떻게 해서
퀴네공드와 헤어지게 되는가

 노파의 얘기를 듣고 난 퀴네공드는 그녀의 신분과 자질에 걸맞은 예의를 갖추어 그녀를 대우했다. 그녀는 노파의 제안을 받아들여 승객 모두에게 차례로 자기 내력을 얘기해 달라고 부탁했다. 그들의 얘기를 들으면서 캉디드와 퀴네공드는 노파의 말이 맞다는 것을 인정할 수밖에 없었다. 캉디드가 한탄했다.

「팡글로스 선생님이 종교 재판에서 관례에 어긋나게 교수형을 당한 것이 참으로 유감스럽군. 안 그러면 땅과 바다를 온통 뒤덮고 있는 도덕적 악과 자연재해에 대해 멋진 얘기를 해줄 수 있을 텐데. 또 이제 나도 분에 넘치긴 하지만 선생님께 반론을 좀 제기할 거리가 생겼는데.」

 사람들이 각자 자신의 이야기를 하는 동안 배는 꾸준히 목적지를 향해 나아갔다. 마침내 그들은 부에노스아이레스에 상륙했다. 퀴네공드와 캉디드 대위와 노파는 그곳 총독인 돈 페르난도 디바라 이 피게오라 이 마스카레네스 이 람푸르도스 이 수사의 관저에 갔다. 그토록 긴 이름을 가진 사람이니 뻔하지 않은가! 그는 오만하기 짝이 없었다. 자기가 대귀족이나 되는 것처럼 경멸하는 태도로 모든 사람을 대했다. 고개를 쳐들고, 높고 위압적인 목소리로 거만을 떠는 꼴이 목불인견(目不忍見)이어서 그와 인사를 할 때면 누구든지 한 대 때려 주고 싶은 마음이 들 정도였다. 그는 여자를 무척 밝히는 호색한이었다. 그의 눈에는 퀴네공드가 천하일색으로 보였다. 그는 다짜고짜로 그녀가 캉디드의 아내인지 물었다. 질문하는 그의 태도에서 캉디드는 위험을 직감하였다. 하지만 덮어놓고 그렇다고 할 수도 없었다. 왜냐하면 그들은 부부가 아니었기 때문이다. 그렇다고 해서 남매간이라고 할 수도 없었다. 왜냐하면 그것도 사실이 아니기 때문이었다. 물론 이런 무해한 거짓말은 고대인들이 자주 썼고,[29] 현대인에게도 유용하겠지만 그는 너무 순수해서 감히 진실을 속일 수 없었다.

「퀴네공드 양은 저와 결혼할 분입니다. 각하께서 저희를 결혼시켜 주실 것을 간청드립니다.」

돈 페르난도 디바라 이 피게오라 이 마스카레네스 이

---

[29] 구약 성서의 아브라함과 사라에 관한 암시이다. 아브라함이 흉년으로 인하여 잠시 이집트에 거주하던 시절에 자신의 안위를 걱정하여 아내를 누이라고 속인 일이 있었다.

람푸르도스 이 수사는 이 말에 콧수염을 치올리며 음흉하게 웃었다. 그리고 캉디드에게 나가서 중대원을 열병하라고 명령했다. 캉디드는 그 말에 복종했다. 그가 나가자 총독은 퀴네공드에게 사랑을 고백하고 당장 그다음 날로 성당에서 혹은 그녀가 선호하는 다른 장소에서 결혼식을 올리겠다고 했다. 퀴네공드는 15분만 생각할 시간을 달라고 했다. 노파와 의논한 다음에 결정을 내리기 위해서였다.

노파는 퀴네공드에게 이렇게 말했다.

「아가씨, 당신은 72대의 선조에 빛나는 대단한 집안 출신이지만 지금은 땡전 한 푼 없는 처지입니다. 그런데 아가씨 마음먹기에 따라 남아메리카에서 가장 권세 높은, 게다가 콧수염도 멋진 귀족의 아내가 될 수 있어요. 그런데 정조는 무슨 얼어 죽을 정조예요? 불가리아 놈들에게 당하고 유대인과도 종교 재판소장과도 함께 살았죠. 불행은 우리에게 권리를 주죠. 만일 내가 아가씨라면 아무 스스럼없이 총독과 결혼하겠어요. 그게 캉디드 대위를 출세시키는 길이기도 하고요.」

노파가 연륜과 경험에서 나오는 신중함을 가지고 말을 하는 동안 작은 배 한 척이 항구에 들어오는 것이 보였다. 그 배에는 스페인 법관 한 명과 경찰들이 타고 있었다. 거기에는 이런 사연이 있었다.

퀴네공드가 캉디드와 함께 급히 도망칠 때의 일이다.

그들은 바다호스에서 돈과 보석을 도둑맞았고, 노파는 그것이 소매가 넓은 옷을 입은 프란체스코회 수도사의 소행이라고 하였다. 역시 그 짐작대로였다. 수도사는 훔친 보석을 팔려다가 그것이 종교 재판소장의 보석임을 눈치챈 보석상에게 들켜 버렸다. 교수형을 당하게 된 수도사는 죽기 직전에 자기가 그것을 훔쳤다고 자백하고, 보석 주인의 생김새와 행로를 알려 주었다. 퀴네공드와 캉디드가 도주했다는 것은 이미 알려진 사실이었다. 그들은 카디스까지 죄인을 추적하였고, 지체 없이 배를 내어 그들을 쫓았다. 이제 그 배가 부에노스아이레스에 도착한 것이다. 스페인 법관이 종교 재판소장의 살인범을 잡으러 왔다는 소문이 항구에 퍼졌다. 용의주도한 노파는 즉시 사태를 파악하고 신속하게 결정을 내렸다.

「아가씨는 도망칠 수 없어요. 하지만 걱정할 필요 없어요. 아가씨가 그분을 죽인 것은 아니니까. 게다가 총독님은 아가씨를 사랑하니까 아가씨가 해를 입도록 놔두지 않을 거예요. 그러니까 그냥 여기 계세요.」

이 말을 마친 노파는 바로 캉디드에게 달려갔다.

「달아나세요. 안 그러면 한 시간 안에 화형당할 거예요.」

캉디드는 잠시도 지체할 틈이 없었다. 그렇지만 어떻게 퀴네공드와 헤어질 수 있단 말인가? 그리고 어디로 도망쳐야 한단 말인가?

제14장
캉디드와 카캄보는 파라과이의 예수회 신부들에게 어떤 대접을 받는가

 캉디드는 카디스에서 하인 한 명을 데리고 왔는데 그는 스페인의 해안이나 식민지에서 흔히 볼 수 있는 전형적인 인물이었다. 그는 투쿠만[30] 태생으로, 그의 아버지가 스페인인과 원주민 사이의 혼혈이었으므로 결국 그는 4분의 1만큼 스페인 핏줄인 셈이다. 어릴 때 그는 성당에서 복사 노릇을 하였고, 커서는 성당지기를 했다. 성당을 나와서는 선원, 수도사, 거간꾼, 군인, 하인 등 안 해본 노릇이 없었다. 그의 이름은 카캄보였으며, 자기 주인을 매우 좋아했다. 왜냐하면 주인이 매우 좋은 사람이었기 때문이다. 그는 급히 스페인에서 가지고 온 안달루시아산 말 두 마리에 안장을 얹었다.

 「자, 주인님, 할멈 말대로 합시다. 어서 떠납시다. 뒤

 30 아르헨티나의 안데스 산맥 기슭의 지역으로 부에노스아이레스 북쪽이다.

돌아보지 말고 달립시다.」

캉디드는 눈물을 쏟았다.

「아, 사랑하는 퀴네공드! 총독이 우리의 결혼식을 거행해 주려는 이때, 당신을 두고 떠나야 하다니! 퀴네공드, 이역만리에 와서 당신은 이제 어떻게 되나요?」

「아가씨야 어떻게든 되겠지요. 여자들이란 항상 자기 앞가림을 잘한답니다. 하느님이 보우하시죠. 자, 어서 갑시다.」

「어디로 가는 거냐? 어디로 가야 하나? 퀴네공드 양도 없이 뭘 한단 말인가?」

「맙소사, 주인님께서는 예수회 신부들과 싸우러 오셨지요. 이제 그분들을 위해 싸웁시다. 저는 길을 잘 알아요. 제가 그들 나라로 모셔다 드리죠. 그들은 불가리아식 군사 훈련을 받은 장교를 대환영할 것이고 주인님은 빨리 출세할 수 있을 겁니다. 이쪽에서 안 되면 다른 쪽을 도모해 봐야죠. 새로운 것을 보고 경험하는 것은 매우 즐거운 일이랍니다.」

「그럼, 자네는 전에 파라과이에 간 적이 있었나?」

「그럼요, 물론이죠. 파라과이의 성모 승천회에서 사환으로 일한 적이 있답니다. 저는 예수회 신부들이 세운 나라에 대해서는 카디스의 거리만큼이나 잘 알죠. 그곳은 정말 대단한 나라랍니다. 그 나라는 지름이 3천 리나 되고 서른 개의 주로 나뉘어져 있답니다. 모든 것이 신부님들 소유고, 백성은 아무것도 가진 게 없어요. 그 나라는 이성과 정의가 합작하여 만든 걸작이죠. 예수회 신부님들보다 더 신성한 건 없어요. 여기서는 스페인과 포르투갈 왕에 대항하여 전쟁을 하고, 유럽에서는 여러 왕들에게 고백 성사를 해주죠. 여기서는 스페인 사람들을 죽이고, 마드리드에서는 천국으로 인도하죠. 정말 멋지죠? 어서 갑시다! 주인님은 세상에서 가장 행복한 사람이 될 거예요. 불가리아식 군사 훈련을 받은 장교가 가면 신부님들은 얼마나 기뻐할까요!」

첫 번째 관문에 이르자 카캄보는 전위의 군사들에게 대위 한 명이 그곳 주둔군 사령관과의 접견을 요청한다고 말했다. 이는 곧 본대에 전달되었다. 곧 파라과이군 장교가 사령관에게 달려가 이 소식을 전했다. 캉디드와 카캄보는 먼저 무장 해제를 당하고, 이어 안달루시아산 말 두 필을 압수당했다. 그들은 2열 종대로 늘어선 군인들 사이로 안내되었다. 사령관은 그 열 반대편 끝에 있었다. 그는 머리에 삼각모를 쓰고 검은 신부복인 수단 자락을 걷어 올린 채 옆구리에 긴 칼을 차고 손에 단창을 쥐고 있었다. 그가 손짓을 하자 곧 스물네 명의 군인이 그들을 둘러쌌다. 하사관 한 명이 말하기를 사령관은 그들을 면담할 수 없으니 기다리라고 했다. 스페인 사람은 누구를 막론하고 교구장 입회하에서만 말을 할 수 있고, 또 세 시간 이상 그곳에 머무를 수 없다는 교구장의 명령이 있었기 때문이었다.

「그럼 교구장은 어디 계십니까?」

카캄보가 물었다.

「미사를 집전하신 후, 지금 열병식을 하시는 중이오. 그러니까 세 시간 후라야 그분을 뵐 수 있소.」

하사관이 말했다.

「하지만 지금 우리는 배가 고파 죽을 지경이에요. 게다가 대위님은 스페인 사람이 아니라 독일 사람입니다. 교구장님을 기다리는 동안 요기를 좀 할 수 없을까요?」

하사관은 즉시 이 말을 사령관에게 전하였다. 그러자 사령관이 이렇게 말했다.

「천만다행이야! 독일인이라면 내가 만나 봐도 되겠군. 그분을 내 막사로 모셔라.」

캉디드는 곧 푸른 넝쿨이 뒤덮인 정자로 안내되었다. 그 정자의 측면에는 초록빛과 황금빛의 대리석 기둥이 줄지어 서 있었고, 그 사이로 일종의 새장 역할을 하는 푸른 넝쿨이 촘촘히 얽혀 있었으며 그 넝쿨 속에는 앵무새, 벌새, 뿔닭을 비롯한 온갖 종류의 진귀한 새들이 갇혀 있었다. 거기에는 또한 맛있는 음식이 금 식기에 담겨 있었다. 파라과이 사람들이 땡볕이 내리쬐는 들판에 나앉아 나무 대접에 옥수수를 담아 먹고 있는 동안 사령관 신부는 시원한 정자로 들어갔다.

신부는 매우 잘생긴 젊은이었다. 희고 혈색 좋은 피부

에 얼굴 윤곽은 둥글었고, 치켜 올라간 눈썹 아래 초롱초롱한 눈이 빛나고 있었다. 귀는 붉었고 입술은 선홍색이었으며 오만한 태도를 지니고 있었다. 그러나 그것은 스페인인이나 예수회 신부들이 보여 주는 오만함과는 종류가 달랐다. 캉디드와 카캄보는 빼앗겼던 무기와 안달루시아 말 두 필을 돌려받았다. 카캄보는 정자 옆에서 말에게 귀리를 먹였다. 그동안 그는 혹시 말들이 놀라지나 않을까 염려되어 한시도 말에서 눈을 떼지 않았다.

캉디드는 먼저 사령관의 옷자락 끝에 입을 맞추고 나서 식탁에 앉았다. 신부가 독일어로 물었다.

「귀관은 독일인이 맞소?」

「네, 신부님.」

캉디드가 대답했다.

그들은 이 말을 하면서 서로를 바라보았다. 그러고는 극도의 놀라움과 감격을 감출 수 없었다. 신부가 또 물었다.

「독일 어느 곳 출신이요?」

「베스트팔렌이라는 더러운 지방입니다. 저는 툰더텐트론크 성에서 태어났습니다.」

캉디드가 이렇게 대답하자 사령관이 외쳤다.

「아니, 이럴 수가!」

「이런 기적이!」

「아니, 그럼 당신이?」

「아니, 정말이지 이럴 수가!」

그들은 놀라 뒤로 벌렁 나자빠졌다가는 곧 서로 껴안고 눈물을 철철 흘렸다.

「아니, 신부님, 당신이 아름다운 퀴네공드 양의 오빠란 말입니까! 불가리아 군사들에게 살해된 남작님의 아들이란 말입니까! 당신이 파라과이에 와서 예수회 신부가 되어 있다니! 이 세상은 정말이지 이상하게 생겨 먹었군요. 아, 팡글로스 선생님! 선생님이 교수형을 당하시지 않고 살아 계시다면 지금 얼마나 기뻐하시겠어요!」

사령관은 크리스털 잔에 마실 것을 따르고 있던 흑인 노예들과 파라과이인들을 모두 물리쳤다. 그는 하느님과 성 이그나티우스[31]에게 수없이 감사를 올렸다. 그는 캉디드를 부둥켜안았다. 두 사람의 얼굴이 눈물로 젖었다.

「누이동생인 퀴네공드 양의 일을 아시면 더욱 놀라시고 감격하실 겁니다. 불가리아 군인에게 배를 찔려 죽은 줄만 알고 계시죠? 그런데 지금 건강하게 살아 계십니다.」

「그럼 어디에 있단 말이요?」

「여기서 멀지 않은 곳입니다. 부에노스아이레스 총독 관저에 계십니다. 저로 말할 것 같으면 신부님들과 적이 되어 싸우려고 왔죠.」

---

[31] 예수회 창립자인 이그나티우스 로욜라를 말한다.

말을 하면 할수록 놀라움이 더해 갔다. 그들은 열심히 말하고 주의 깊게 듣고 뚫어질 듯이 서로를 바라보았다. 교구장을 기다리며 그들은 독일인답게 오랫동안 식사를 하였으며 그동안 잠시도 쉬지 않고 열띤 대화를 나누었다. 사령관은 사랑하는 캉디드에게 이렇게 말했다.

제15장
캉디드는 어떻게 해서 사랑하는 퀴네공드의 오빠를 죽이게 되는가

「아버지와 어머니가 살해당하고, 누이가 겁탈당한 그 날의 기억을 나는 평생 지울 수 없을 걸세. 불가리아 군사가 물러간 후에 내 사랑스런 누이는 자취가 묘연했네. 사람들은 큰 수레에 아버지와 어머니와 나, 그리고 불가리아 군사에게 살해당한 하녀 두 명과 남자아이 세 명을 실었네. 우리 성에서 20리 떨어진 예수회 수도원 예배당에다 매장하려는 것이었네. 그곳 신부가 우리 모두에게 성수를 뿌렸는데 그게 어찌나 짰던지. 몇 방울이 내 눈에 들어가자 내 눈꺼풀이 조금 움직였나 봐. 신부가 그걸 보고 내 가슴에 손을 대보니 심장이 뛰더래. 나는 그 덕에 구조되었고 3주일 후에는 완쾌되었어. 캉디드, 자네도 알다시피 나는 원래 잘생긴 편인데 앓고 난 후에는 더 수려해졌네. 그래서 수도원 원장이신 크루스트 신부님께서 나에게 각별한 애정을 베푸셨네. 그분은 나에게 수련 수도사의 제복을 내려 주셨고 또 얼마 후에는 로마에 보내 주셨네. 로마에 계신 총장 신부님께서 젊은 독일 사제들을 구하고 계셨기 때문이지. 파라과이의 우두머리들은 스페인 출신 사제들을 가능하면 받지 않으려고 하였어. 그들은 타국 출신을 선호하였는데 그건 타국 출신들이 더 다루기 쉽다고 판단했기 때문일세. 나는 이곳 임무에 적격이라는 총장 신부님의 판정을 받아 파라과이로 떠나왔네. 동행으로는 폴란드인 한 명과 티롤인 한 명이 있었지. 이곳에 도착하자 나는 차부제(次副祭) 직과 동시에 대위 계급을 받았네. 지금은 정품 사제에다 대령이지. 우리는 스페인 국왕의 군대에 맞서 씩씩하게 싸우고 있네. 두고 보라지, 그들은 모두 파문당하고 패배할 걸세. 주님께서 우리를 돕기 위해 자네를 보내 주시지 않았나. 그런데 사랑하는 내 누이 퀴네공드가 여기서 그리 멀지 않은 부에노스아이레스의 총독 관저에 있다는 것이 정말인가?」

캉디드는 틀림없는 사실이라고 맹세했다. 그러자 그들의 눈에서 다시 눈물이 흐르기 시작했다.

남작은 연신 〈내 아우〉, 〈내 구세주〉라고 말하면서 지치지도 않고 캉디드를 껴안았다.

「아, 사랑하는 캉디드, 우리 함께 승리자가 되어 그곳에 가세. 가서 내 누이 퀴네공드를 구하세.」

「그게 바로 제가 원하는 겁니다. 저는 아가씨와 결혼을 할 참이었고, 지금도 그러기를 바라고 있으니까요.」

「아니, 자네가? 이런 발칙한 것 같으니라고! 네가 감히 72대 조상에 빛나는 내 누이와 결혼할 생각을 해? 어디다 감히 그런 건방진 수작을 하는 거야, 이 뻔뻔한 것 같으니!」

그의 말에 아연실색한 캉디드는 이렇게 대답했다.

「신부님, 조상이 수백 대가 된들 무슨 상관입니까? 아가씨를 유대인과 종교 재판소장의 손아귀에서 빼낸 건 바로 접니다. 그러니 아가씨는 제게 빚이 있고, 또 저와 결혼하고 싶어 해요. 팡글로스 선생님은 항상 제게 인간은 평등하다고 말씀하셨어요. 그러니까 저는 기필코 아가씨와 결혼할 겁니다.」

「그렇게는 안 될걸, 이 나쁜 놈아!」

툰더텐트론크 남작 겸 예수회 사제가 말했다. 그와 동시에 그는 칼등으로 캉디드의 얼굴을 힘껏 내리쳤다. 캉디드는 바로 칼을 뽑아 남작의 배를 푹 찔렀다. 그러나 더운 김이 모락모락 나는 칼을 뽑으면서 그는 울음을 터뜨렸다.

「아이고, 하느님! 내가 내 옛 주인을 죽였어. 내 친구에다 처남인 사람을 죽였어! 세상에서 제일 좋은 사람인 내가 벌써 사람을 셋이나 죽였어. 게다가 그중에 두 명은 하느님을 모시는 신부라니!」

정자 입구에서 파수를 보던 카캄보가 달려왔다. 그러

자 캉디드가 말했다.

「한 명이라도 더 죽이고 죽는 수밖에는 방법이 없어. 그들이 정자 안으로 들어올 거야. 그러니 장렬하게 전사하는 수밖에.」

산전수전 다 겪은 카캄보는 전혀 당황하지 않았다. 그는 남작이 입은 예수회 사제복을 벗겨서 캉디드의 몸에 입히고, 머리에는 신부의 삼각모를 씌운 다음, 그를 재촉하여 말에 태웠다. 그는 이 모든 것을 눈 깜짝할 사이에 해치웠다.

「주인님, 빨리 달립시다. 모두들 주인님이 예수회 신부인 줄 알 거예요. 명령을 내리러 간다고 말이죠. 빨리 달아나면 사람들이 잡으러 오기 전에 국경을 넘을 수 있을 거예요.」

이 말을 하면서 그는 벌써 저만치 내달리고 있었다. 그러면서 그는 스페인어로 외쳤다.

「물러서라, 물러서라, 사령관 신부님 나가신다!」

제16장
젊은 여자 두 명과 원숭이 두 마리, 그리고 오레용³²이라 불리는 야만인들을 만나 생긴 일

캉디드와 카캄보는 관문을 넘었다. 그때까지 예수회 진영에서는 아무도 독일 신부의 죽음을 모르고 있었다. 용의주도한 카캄보는 행낭(行囊)에 빵과 초콜릿과 햄과 과일, 그리고 포도주 몇 되까지 챙겨 넣어 왔다. 그들은 길도, 인적도 없는 미지의 고장 깊숙이 말을 달렸다. 마침내 그들은 군데군데 시냇물이 흐르는 광활한 들판으로 나왔다. 우리의 두 여행자는 말에게 풀을 먹였다. 카캄보는 주인에게 음식을 권하고 나서 바로 달려들어 먹기 시작했다. 그러자 캉디드가 말했다.

「내가 어찌 햄을 먹을 수 있겠느냐? 남작을 죽였으니 이제 다시는 퀴네공드 양을 볼 수 없게 되었지 않으냐.

---

32 프랑스어 *oreille*(귀)에서 나온 말로 큰 귀 때문에 붙은 이곳 인디언들의 별명이다. 당시 이 지역 인디언들은 무거운 귀걸이 때문에 귀가 늘어졌던 것으로 보인다.

그녀 없이 후회와 절망 속에서 살아야 한다면 더 살아 무엇하겠느냐? 〈트레부 신문〉[33]은 또 뭐라고 하겠느냐?」

그는 물론 말은 이렇게 하였지만 그래도 배가 고픈지라 허겁지겁 먹기 시작했다. 저녁 해가 지고 있었다. 그때 길 잃은 두 사람의 귀에 여자들 목소리로 생각되는 외침 소리가 들려왔다. 그것이 고통의 소리인지, 쾌락의 소리인지는 분명치 않았다. 그러나 어쨌든 그들은 화들짝 놀라서 튕기듯이 벌떡 일어났다. 낯선 곳에서는 모든 것에 놀라고, 겁을 먹는 법이니까. 곧 벌거벗은 여자 두 명이 들판 가장자리로 사뿐사뿐 뛰어가는 것이 보였다. 그 뒤로 원숭이 두 마리가 여자들의 엉덩이를 깨물면서 따라가고 있었다. 캉디드는 측은한 생각이 들었다. 그는 불가리아 군대에서 사격을 배워 이제는 덤불숲 속의 개암을 잎사귀 하나 다치지 않고 명중시킬 실력을 가지고 있었다. 그는 스페인제 쌍열박이 소총을 쏘아 원숭이 두 마리를 한 방에 죽였다.

「하느님, 감사합니다! 카캄보야, 내가 저 불쌍한 여자들을 위험에서 구했어. 저들을 구함으로써 종교 재판소장과 예수회 신부를 죽인 죄를 씻었어. 저 여자들은 귀한 집 규수들일지도 몰라. 그렇다면 이제 우리는 운이 트인 거야.」

---

33 1701년에 창간된 예수회의 간행물. 볼테르가 『백과전서』에 간여하기 시작한 1750년부터 이 신문은 줄곧 볼테르를 비판하였다.

그는 계속해서 말을 하려고 했다. 그러나 원숭이를 다정스럽게 껴안고 울음을 터뜨리며 고통스럽게 울부짖는 여자들의 모습을 보고는 혀가 얼어붙고 말았다.

「저렇게까지 마음씨가 착할 줄은 몰랐는데.」

잠시 후, 캉디드가 이렇게 말하자 카캄보가 그를 나무랐다.

「주인님, 정말 자알 하셨어요. 주인님은 저 아가씨들 애인을 죽인 겁니다.」

「애인이라고? 말도 안 돼! 카캄보, 자네 지금 누굴 놀리나? 그걸 누가 믿어?」

「주인님, 주인님은 늘 무슨 일에나 놀라기만 하시는군요. 고장에 따라서는 원숭이들도 여자들의 사랑을 받을 수 있다는 생각을 왜 못하세요? 저들도 4분의 1은 인간이에요. 제가 4분의 1 스페인 사람인 것처럼요.」

「맙소사! 지금 생각해 보니 팡글로스 선생님이 그런 얘기를 하신 적이 있었어. 옛날에는 그런 일이 실제로 있었다고 말이야. 염소 몸에 물고기 꼬리를 가진 목신(牧神), 숫염소를 닮은 목신(牧神), 말을 닮은 사티로스 등 여러 가지 종의 혼합에 의해 생겨났다더군. 고대 위인들 중에는 그런 기이한 것들을 직접 본 사람도 있다더군. 하지만 난 그런 건 모두 전설이라고 생각했지.」

「이제 그게 사실이란 걸 아셨죠. 또 미개한 사람들이 그것들을 어떻게 대하는지도 말이죠. 그나저나 여자들이 우리를 해코지하지 말아야 할 텐데.」

카캄보의 지당한 염려에 캉디드는 벌판을 떠나 숲으로 들어갔다. 그곳에서 두 사람은 식사를 하고, 포르투갈의 종교 재판소장과 부에노스아이레스의 총독과 남작을 저주한 다음, 이끼 위에 누워 잠이 들었다. 잠이 깨었을 때, 그들은 전혀 몸을 움직일 수 없었다. 밤사이, 그곳의 원주민인 오레용족이 그들을 나무껍질로 만든 밧줄로 꽁꽁 묶어 놓았기 때문이었다. 낮에 본 아가씨들이 고발을 한 것에 틀림없었다. 화살과 곤봉과 돌도끼를 든 50여 명의 벌거숭이 오레용족이 그들을 둘러싸고 있었다. 그중 어떤 이는 큰 가마솥에 물을 끓이고, 다른 이들은 꼬치를 준비하고 있었다. 그들은 모두 이렇게 외쳤다.

「예수회 놈이야, 예수회 놈이라고! 원수를 갚게 되었어. 맛있는 음식도 먹고. 예수회 놈을 잡아먹자, 예수회 놈을 잡아먹자!」

그러자 카캄보가 슬프게 말했다.

「주인님, 제가 뭐랬어요? 여자들이 해코지할 거라고 했죠?」

그러자 캉디드는 가마솥과 꼬치를 보며 말했다.

「우리를 굽거나 삶을 게 분명해. 아! 인간의 순수한 본성이 어떤 것인지 아시면 팡글로스 선생님은 뭐라고 하실까? 모든 게 최선이라고? 좋아. 하지만 퀴네공드 양을 잃고, 또 오레용족에게 잡혀 꼬치에 꿰여 죽다니, 이렇게 잔인할 수가!」

카캄보는 어떤 경우에도 당황하거나 이성을 잃지 않았다.

「하늘이 무너져도 솟아날 구멍이 있다니까 너무 절망하지 마세요. 제가 이 사람들 말을 조금 할 줄 아니까 한번 얘기를 해보겠어요.」

그러자 캉디드는 낙심 중에도 불구하고 이렇게 말했다.

「이 말을 꼭 해주게. 인간을 잡아먹는 것이 얼마나 나쁜 일이며, 또 얼마나 기독교의 교리에 어긋나는가를 필히 강조해 주게.」

「여보시오. 여러분은 오늘 예수회 놈 하나를 잡아먹을 작정이죠? 그건 정말 잘하는 짓이에요. 적을 그렇게 처치하는 것이야말로 참으로 지당하지요. 실제로 자연법은 우리에게 우리 이웃을 죽이라고 가르치고, 또 이 세상 어디나 그 법대로 시행됩니다. 우리가 사람을 안 먹는 것은 단지 그것 말고도 먹을 것이 많이 있기 때문입니다. 하지만 여러분은 우리만큼 자원이 풍부하지 못합니다. 그러니 적을 죽여서 먹는 것이 승리의 열매를 까마귀에게 주는 것보다 훨씬 낫습니다. 그렇지만, 여러분, 여러분은 친구를 먹고 싶지는 않겠지요? 여러분은 저 사람이 예수회 놈인 줄 알고 구워 먹으려 하시지요? 그런데 사실은 여러분과 같은 편이랍니다. 적의 적은 아군이니까요. 저로 말할 것 같으면 이 지방에서 태어난 사람입니다. 그리고 저기 저분은 제 주인이신데 예수회 놈이기는 커녕, 방금 예수회 놈을 한 명 죽인 분입니다. 지금 그 껍질을 쓰고 있는데 그래서 여러분이 오해하신 거죠. 제 말을 확인하시려면 이 옷을 가지고 예수회 신부의 왕국 국경으로 가시면 됩니다. 가서 주인님이 예수회 장교를 죽였는지 물어보세요. 시간도 별로 안 걸리고 또 제 말이 거짓말이면 바로 우리를 잡아먹으면 될 게 아닙니까? 하지만 여러분은 공법의 원칙과 관습과 법률을 잘 아시는 분들이니까 만일 제 말이 사실이라면 기꺼이 우리를 방면해 주시리라고 믿습니다.」

오레용족들은 이 말에 일리가 있다고 생각하였다. 그 즉시 사신 두 명이 진실을 알아볼 임무를 띠고 국경에 파견되었다. 그들은 분별 있게 자신들의 임무를 수행하고 곧 좋은 소식을 가지고 돌아왔다. 오레용족은 두 사람을 풀어 준 다음, 아가씨들을 붙여 주고 음식을 제공하는 등 온갖 친절을 다하여 후하게 대접하였다. 그러고는 국경 근처까지 배웅해 주면서 기쁜 목소리로 연신 이렇게 외쳤다.

「이 사람은 예수회 놈이 아니야! 이 사람은 예수회 놈이 아니야!」

캉디드는 감격하여 자신이 풀려난 이유를 주워섬겼다.

「좋은 민족이야! 좋은 사람들이야! 좋은 풍속이야! 만일 내가 퀴네공드 양 오빠의 몸을 장검으로 꿰뚫지 않았다면 무자비하게 잡아먹혔을 거야. 그렇지만 어쨌든 인간의 순수한 본성은 선한 게 틀림없어. 왜냐하면 저들은 내가 예수회 소속이 아니라는 것을 알자, 잡아먹는 대신 융숭한 대접을 해주었으니까.」

제17장
캉디드와 카캄보의 엘도라도 도착 및 그들이 그곳에서 본 것

오레용족 나라의 경계에 도착하자 카캄보가 캉디드에게 말했다.

「보세요, 지구의 이쪽 편도 저쪽 편과 별 다를 바 없지요? 그러니까 빨리 유럽으로 돌아갑시다.」

「어떻게 그곳으로 돌아갈 수 있단 말이냐? 갈 곳이 어디 있다고? 내 나라에 돌아가면 불가리아와 아바르 군사들이 사람들을 모조리 죽이고 있고, 포르투갈에 돌아가면 화형당할 것이고, 또 여기 그대로 남아 있으면 언제 꼬치구이를 당할지 알 수 없으니. 그렇긴 해도 어떻게 퀴네공드 양이 있는 이곳을 떠날 수 있단 말이냐?」

「그러면 카옌[34]으로 갑시다. 그곳에는 세계 각지에서 온 프랑스인들이 있는데 그들이 우리를 도와줄 겁니다.

---

34 프랑스령 기아나 주의 수도로 브라질과 수리남 사이에 있다.

또 하느님도 우리를 불쌍히 여기시겠죠.」

카옌으로 가는 길은 쉽지 않았다. 대충 방향은 알고 있었지만 가다 보면 산과 강과 절벽이 앞을 가로막았고, 도처에 도적 떼와 미개인들이 들끓어서 이리저리 돌아가야 했다. 그들의 말은 지쳐 죽어 가고 있었고, 식량도 다 떨어졌다. 그래서 야생 열매를 따먹으며 연명할 수밖에 없었다. 이렇게 한 달을 지낸 어느 날, 그들은 마침내 어느 강가에 도달했다. 그들은 강 양편에 줄지어 늘어선 코코넛나무에서 열매를 따먹고 원기를 회복했다. 가물가물하던 희망도 되살아났다.

노파와 마찬가지로 항상 좋은 조언을 해주던 카캄보는 캉디드에게 이렇게 말했다.

「너무 많이 걸어서 이제 더 이상 못 걷겠어요. 저기 강변에 빈 배가 하나 있으니 저기다 코코넛을 가득 싣고 물 흐르는 대로 따라갑시다. 강가에는 사람이 살고 있기 마련이니까. 좋은 일은 안 생길지 몰라도, 어쨌든 새로운 일은 생길 겁니다.」

「그래, 그렇게 하자꾸나. 모든 것을 하느님께 맡기자꾸나.」

캉디드가 말했다.

그들은 몇십 리를 떠내려갔다. 그들이 탄 배는 꽃이 활짝 핀 들판과 풀 한 포기 없는 메마른 황무지를 지나, 완만한 평야와 가파른 산들을 지나 흘러갔다. 강은 하류로 갈수록 점점 강폭이 넓어지더니 마침내 아가리가 커다랗고 무시무시한 바위 동굴 속으로 들어갔다. 그 위로는 하늘을 찌를 듯한 높은 바위산이 우뚝 솟아 있었다. 우리의 두 여행자는 그대로 배를 타고 동굴 속으로 빨려 들었다. 강물은 동굴에 이르러 폭이 매우 좁아지면서 속도가 엄청나게 빨라졌다. 강물 소리 또한 엄청나게 커졌다. 이렇게 스물네 시간이 흘러갔을 때, 갑자기 저 멀리서 희미한 빛이 보이기 시작했다. 그 순간, 배가 강바닥의 암초에 부딪쳐 산산조각이 났다. 하는 수 없이 그들은 배를 버리고 이 바위, 저 바위를 타고 넘으며 앞으로 나아갔다. 이렇게 10리를 전진하자, 마침내 그들 앞에 사방이 험준한 산으로 둘러싸인 광활한 대지가 나타났다. 그곳에는 유용하면서도 아름다운 식물들이 심겨 있었다. 실제로 그곳에는 모든 것이 유용성과 아름다움을 겸비하고 있었다. 도로에 다니는 수많은 수레들은 그 모양이 너무도 아름답고, 또한 그 재질이 너무도 찬란해서, 길이 마차로 덮여 있다기보다는 차라리 마차로 장식되어 있다고 하는 편이 더 정확하였다. 수레에 탄 사람들 역시 남녀를 막론하고 모두 매우 아름다웠으며, 수레를 끄는 붉은 양들은 몸집이 매우 크고, 그 속도 또한 안달루시아나 테투안, 혹은 메크네스[35] 최고의 말들보다

35 Tetuan, Meknes. 둘 다 모로코의 도시들이다.

더 빨랐다.

「여기는 베스트팔렌보다 더 좋은 곳이구나!」

캉디드는 이렇게 말하고 나서 카캄보와 함께 첫 번째로 나타난 마을에 들어갔다. 마을 어귀에는 아이들 몇 명이 금실로 짠 헤진 비단옷을 입고 원반던지기 놀이를 하고 있었다. 딴 세상에서 온 두 사람은 잠시 멈춰 서서 구경을 하였다. 아이들이 가지고 노는 원반은 상당히 컸는데 모두가 노란색, 빨간색, 혹은 초록색의 특이한 광채를 내뿜고 있었다. 우리의 여행자들은 호기심에서 몇 개를 주워 보았다. 그것들은 모두 금과 에메랄드와 루비였다. 게다가 그중에서 제일 작은 것도 무굴 제국의 왕관에 박힌 초대형 보석보다 컸다.

카캄보가 말했다.

「원반던지기 놀이를 하는 아이들은 이 나라 왕의 자제들인가 봐요.」

그때 아이들을 학교로 데려가려고 마을 학교 선생이 나타났다. 그것을 보고 캉디드가 말했다.

「바로 저분이 왕실 스승이구나.」

어린아이들은 원반과 다른 여러 놀이 기구들을 땅에 내버려 둔 채 돌아갔다. 캉디드는 그것들을 주웠다. 그리고 선생에게 뛰어가서 공손한 태도로 그것을 내밀면서 손짓 발짓으로 왕손 저하들이 보석을 잊어버렸다는 것을 알렸다. 선생은 웃으면서 그것을 도로 땅에 내던졌다. 그러고는 매우 놀란 표정으로 캉디드의 얼굴을 잠시 쳐다본 다음, 그대로 가버렸다.

우리의 여행자들은 금과 루비와 에메랄드를 허겁지겁 주워 넣었다.

캉디드가 외쳤다.

「여기가 도대체 어디란 말이냐? 이곳 왕손들은 정말 교육을 잘 받았나 봐. 황금을 돌같이 여기는 걸 보면 말이지.」

카캄보 역시 캉디드만큼이나 놀랐다. 마침내 그들은 마을의 첫 번째 집에 도달하였다. 그것은 유럽의 성을 방불케 하였다. 많은 사람들이 문 앞에서 북적거렸고, 집 안에는 더 많은 사람들이 모여 있는 가운데 감미로운 음악과 맛있는 음식 냄새가 퍼져 나왔다. 카캄보가 문으로 다가가 보니 사람들이 페루 말을 하는 것이 들렸다. 그것은 그의 모국어였다. 알다시피 카캄보는 투쿠만의 한 마을에서 태어났는데 그곳 사람들은 페루 말밖에는 할 줄 몰랐던 것이다. 그가 캉디드에게 말했다.

「제가 통역을 해드릴 테니 안으로 들어갑시다. 여기는 주막이에요.」

금으로 짠 옷을 입고 머리에 리본을 맨 주막의 남녀 종업원 네 명이 다가와 그들을 다른 손님들이 앉아 있는 식탁으로 안내했다. 먼저 네 가지 종류의 수프가 나왔는데 각 수프마다 앵무새가 두 마리씩 고명으로 들어 있었다.

이어 1백 킬로그램이나 나가는 삶은 독수리 한 마리와 맛이 기막힌 구운 원숭이 두 마리, 큰 접시에 담긴 3백 마리의 벌새 요리, 또 다른 접시에 담긴 6백 마리의 작은 벌새 요리, 그리고 둘이 먹다 하나가 죽어도 모를 정도로 맛있는 스튜와 맛있는 케이크가 나왔다. 이 모든 요리들은 무색투명한 크리스털 그릇에 담겨 나왔다. 주막의 남녀 종업원들은 사탕수수로 만든 여러 종류의 달콤한 술을 따라 주었다.

손님들은 대부분 상인과 짐마차꾼이었다. 그들은 모두 대단히 예의가 발라서 카캄보에게 질문을 할 때면 실례가 되지 않을 만한 질문만 골라서 하였고, 카캄보의 질문을 받으면 성실히 대답해 주었다.

식사가 끝나자 캉디드와 카캄보는 이 정도면 식사 값으로 충분하겠다고 생각하여 좀 전에 주운 커다란 금덩이 두 개를 식탁 위에 던졌다. 그러자 식당 주인 내외가 웃음을 터뜨렸다. 그러고는 배꼽을 쥐고 한참을 웃었다. 마침내 웃음을 진정한 주인이 말했다.

「신사 양반, 보아하니 외지분이시군요. 우리는 외지 사람을 볼 기회가 별로 없답니다. 길가의 돌멩이를 음식 값으로 내놓으시는 걸 보고 웃어서 죄송합니다. 아마 이곳 돈이 없으신 모양이군요. 하지만 이곳에서는 식사하는 데 돈이 필요하지 않습니다. 상업의 편의를 위해 설치된 여관은 모두 정부에서 비용을 부담하니까요. 대접이 시원찮아서 죄송합니다만 여기는 가난한 시골 마을이니 양해하여 주시기 바랍니다. 다른 곳에 가시면 두 분께 걸맞은 융숭한 대접을 받을 수 있을 것입니다.」

카캄보는 연신 놀라고 감탄하며 캉디드에게 주인의 이야기를 통역해 주었다. 캉디드 역시 그 이야기를 듣고 카캄보만큼이나 놀람과 감탄을 금치 못했다.

그들은 둘 다 약속이나 한 듯이 이렇게 말했다.

「아니, 이곳은 도대체 어디란 말인가! 모든 것이 전혀 다른 이런 세상이 있다니! 우리에게 전혀 알려지지 않은 이런 세상이 있다니! 이곳이 바로 모든 것이 잘되어 가는 세상인지도 몰라. 그런 세계가 분명히 어딘가에 있어야 하는데 베스트팔렌에서는 모든 것이 잘못되어 가기만 했거든. 물론 팡글로스 선생님은 달리 말씀하실지 모르지만 말이야.」

제18장
그들이 엘도라도에서 본 것

카캄보는 주막 주인에게 이것저것 질문을 퍼부어 댔다. 그러자 주인이 이렇게 말했다.

「나는 매우 무식합니다. 그래도 별 불편은 없어요. 이 마을에는 궁정에서 은퇴한 노인이 한 분 살고 계신데 이 왕국에서 제일 박식한 분이고, 또 말씀도 잘하십니다.」

그는 곧 카캄보를 노인 댁으로 안내하였다. 하인인 카캄보 뒷전에서 제2인자 역할을 수행할 수밖에 없게 된 캉디드는 묵묵히 그들을 따라갔다. 그들은 문이 은으로 되어 있고, 실내가 금으로 치장되어 있을 뿐인 매우 수수한 집으로 들어갔다. 물론 그 금 판들은 그 어떤 호화로운 장식에도 뒤지지 않을 정도로 세련되고 정교하게 장식되어 있었는데, 이 나라에서 그것은 매우 수수한 편에 속하였다. 응접실 벽도 수수한 금칠 위에, 흔한 루비와 에메랄드만을 박아 장식하였을 뿐이었다. 그러나 그것을 배치한 솜씨가 매우 뛰어나서 재료의 소박함을 충분히 감출 수 있었다.

노인은 벌새 깃털로 속을 넣은 소파에 앉아 두 외지인을 맞았다. 그리고 그들에게 다이아몬드 병에 담긴 술을 내놓았다. 그런 다음 그들의 호기심에 이렇게 답하였다.

「나는 백일흔두 살입니다. 나는 임금님의 시종이었던 선친으로부터 페루의 놀라운 혁명 이야기를 들었어요. 선친은 그걸 직접 보셨다고 합니다. 지금 우리가 살고 있는 이 왕국은 잉카족의 고토(古土)랍니다. 잉카족은 좀 더 넓은 세상을 정복하겠다고 경솔하게도 밖으로 진출하였다가 결국 스페인에게 멸망당하고 말았습니다. 고향에 남은 왕족들이 더 현명했지요. 그들은 백성들의 동의하에 어느 누구도 이 나라에서 나가지 못한다는 명령을 내렸습니다. 그 덕에 우리는 순수함과 행복을 지킬 수 있었지요. 스페인 사람들은 이 나라에 대해 어렴풋이 알고 있어서 이곳을 엘도라도라고 불렀습니다. 약 1백 년 전에 롤리 경[36]이라는 영국인이 이곳 근처까지 왔었습니다. 그러나 우리 나라는 험한 산과 절벽으로 둘러싸여 접근이 불가능합니다. 그래서 지금까지 유럽의 마수

---

36 Sir Walter Raleigh(1552?~1618). 유명한 영국 작가이자 군인이자 탐험가이다. 1594년에 엘도라도를 찾아 남아메리카 탐험을 하고 이에 대한 책을 써서 엘도라도의 신화를 전파하는 데 일조하였다. 1616년 제2차 엘도라도 탐험을 떠났다가 실패하였다. 영국 정부는 스페인의 항의를 무마하기 위해 그를 참수형에 처하였다.

를 피할 수 있었지요. 유럽 사람들은 우리 나라의 흙과 돌멩이를 미치도록 좋아해서 그걸 얻기 위해서라면 우리를 한 명도 남김없이 죽일 겁니다.」

대화는 오래도록 계속되었다. 정부 형태와 풍습과 여자와 대중 공연과 예술 등 다양한 주제가 화제에 올랐다. 항상 형이상학에 관심이 깊은 캉디드는 카캄보에게 이 나라에도 종교가 있는지 물어보라고 하였다.

노인은 얼굴을 살짝 붉히며 반문하였다.

「어떻게 그런 걸 의심할 수가 있습니까? 우리를 은혜도 모르는 막된 사람들로 생각하십니까?」

카캄보는 매우 겸손한 태도로 엘도라도의 종교가 어떤 것인지 물었다. 노인은 다시 얼굴을 붉히며 물었다.

「그럼 이 세상에 종교가 둘이란 말이오? 인간이라면 모두 우리와 같은 종교를 가지고 있는 것 아닙니까? 우리는 아침부터 저녁까지 신을 찬미합니다.」

「그럼 유일신을 믿으십니까?」

카캄보는 캉디드의 질문을 통역하였다.

「그럼 유일하고말고요. 둘도 셋도 넷도 아닌 오직 한 분뿐이라는 건 자명하지 않아요? 정말이지 당신네 세계 사람들은 참 이상한 질문도 다 하시네요.」

노인의 말에도 불구하고 캉디드는 질문을 멈출 수 없었다. 그는 엘도라도에서는 어떻게 신에게 기도하는지 알고 싶어 했다. 노인은 이렇게 대답했다.

「우리는 기도하지 않습니다. 신께 간구할 것이 하나도 없으니까요. 신은 우리에게 필요한 것을 모두 주셨습니다. 그래서 우리는 항상 그분께 감사드릴 뿐입니다.」

캉디드는 성직자들을 만나 보고 싶었다. 그래서 그들이 어디 있는지 물어보았다. 노인은 미소를 지었다.

「우리 모두가 성직자랍니다. 매일 아침마다 5천~6천 명의 악사들이 장엄한 연주를 하고, 그것에 맞추어 임금님과 모든 가정의 가장들이 함께 감사 찬송을 합니다.」

「아니, 그럼 이곳에는 성직자가 없단 말입니까? 가르치고 논쟁하고 통치하고 음모를 꾸미고 자기네와 의견이 다른 사람들을 불태워 죽이는 그런 사람들이 없단 말입니까?」

「아니, 우리가 미쳤나요, 그런 짓을 하게? 우리는 모두 의견이 같아요. 그런데 성직자니 뭐니 하는 얘긴 도통 무슨 소린지 알아들을 수가 없군요.」

캉디드는 너무 기뻐서 황홀할 지경이었다. 그는 혼자서 생각했다.

「이곳은 베스트팔렌이나 남작님의 성과는 매우 다른 곳이야. 팡글로스 선생님이 엘도라도를 보았다면 툰더 텐트론크 성이 이 세상에서 제일 좋은 곳이라고는 말하지 않았을 거야. 이래서 사람은 모름지기 여행을 해야 한다니까.」

오랫동안 대화를 나눈 후, 노인은 우리의 두 여행자를

궁전으로 보낼 채비를 하였다. 곧 양 여섯 마리가 끄는 수레와 하인 열두 명이 출발할 준비를 갖추었다. 노인은 수레를 가리키며 말했다.

「죄송합니다. 나는 너무 늙어서 여러분과 함께 가지 못하겠군요. 임금님께서 두 분을 잘 영접해 주실 것입니다. 혹시 마음에 들지 않는 것이 있더라도 풍습이 달라서 그런 것이니만큼 너그러이 양해해 주시기 바랍니다.」

캉디드와 카캄보는 수레에 올랐다. 양들은 날듯이 빨리 달렸다. 그리하여 네 시간도 채 못 되어 그들은 그 나라의 수도에 있는 임금님의 궁전에 도착했다. 궁전의 대문은 높이가 36미터, 폭이 30미터나 되었다. 재질은 무엇인지 확실히 알 수 없지만, 어쨌든 우리가 금은보석이라고 부르는 이 나라의 돌멩이나 모래와는 비교가 안 될 정도로 매우 훌륭한 것임이 틀림없었다.

캉디드와 카캄보가 수레에서 내리자 스무 명의 시녀들이 그들을 목욕탕으로 안내한 다음 벌새 깃털로 짠 천으로 만든 긴 옷을 입혀 주었다. 그러자 궁정의 남녀 대신들이 그들을 임금님의 처소로 안내하였다. 그들은 관례에 따라 악사들이 한쪽에 1천 명씩 2열로 늘어서서 연주하는 사이를 지나갔다. 그들이 알현실에 가까이 왔을 때 카캄보는 대관 한 명에게 임금님을 알현할 때 어떻게 인사를 해야 하는지 물었다. 무릎을 꿇는지 납작 엎드리는지, 손을 머리 위로 올리는지 엉덩이 뒤로 붙이는지,

방바닥을 핥는지 한마디로 말해 어떤 의식을 행해야 하는지를 말이다. 그러자 대관이 대답했다.

「임금님을 껴안고 양쪽 볼에 입을 맞추는 것이 관례입니다.」

캉디드와 카캄보가 임금님의 목을 끌어안자, 임금님은 매우 친절한 태도로 답례하였으며 공손한 태도로 그들을 저녁 식사에 초대하였다.

저녁 식사 시간이 될 때까지 그들은 서울 구경을 하였다. 공공건물들은 하늘을 찌를 듯이 높이 솟아 있었고, 저자의 건물들은 수천 개의 기둥으로 아름답게 장식되어 있었다. 여러 분수에서는 맑은 물, 장밋빛 물, 사탕수수로 만든 달콤한 술이 끊임없이 흘러나와 정향과 계피 냄새가 나는 이상한 돌이 깔린 광장 위로 흘러내리고 있었다. 캉디드가 재판소와 고등 법원을 보여 달라고 부탁하자 그들은 그런 것이 없다고 대답하였다. 여기서는 아무도 송사를 하지 않는다는 것이었다. 또 감옥이 있느냐는 물음에 대해서도 마찬가지로 없다고 하였다. 캉디드에게 가장 놀랍고 기뻤던 일은 과학 아카데미를 방문한 것이었다. 그곳에는 600미터나 되는 긴 방에 수학과 물리학의 실험 기구들이 가득 차 있었다.

그들은 오후 내내 돌아다니면서 도시의 1천 분의 1 정도를 보았다. 그런 다음 저녁을 먹으러 궁전으로 돌아왔다. 캉디드는 임금님과 카캄보와 몇몇 귀부인들과 함께 식탁에 앉았다. 이렇게 맛있는 음식은 처음이었고, 식사 중의 대화에서 임금님처럼 기지가 넘치는 사람도 처음 보았다. 카캄보는 임금님의 재담을 하나도 빠뜨리지 않고 캉디드에게 설명해 주었다. 통역을 거쳤음에도 불구하고 그 말들은 여전히 재치가 넘쳤기 때문에 캉디드는 다시 한 번 놀랐다. 임금님의 훌륭한 화술은 그에게 이 나라에서 경험한 어느 신기한 일보다 더욱 강한 인상을 남겨 주었기 때문이다.

그들은 이러한 환대 속에서 한 달을 보냈다. 그동안 캉디드는 계속 카캄보를 설득했다.

「내 다시 한 번 얘기하겠어. 물론 우리가 태어난 성이 이곳보다 못한 것은 사실이야. 하지만 여기는 퀴네공드 양이 없잖아. 물론 자네도 유럽에 애인 몇 명이 있겠지. 여기서 계속 산다면 우리는 다른 사람들과 똑같을 뿐이야. 하지만 엘도라도의 돌멩이를 가득 실은 양을 열두 마리만 데리고 돌아가면 우리는 이 세상의 모든 왕을 다 합쳐도 모자랄 정도로 큰 부자가 될 거야. 그러면 종교재판을 겁낼 필요도 없고, 또 퀴네공드 양도 쉽게 되찾을 수 있을 거야.」

이 말에 카캄보도 귀가 솔깃했다. 인간이란 원래 여기저기 돌아다니기를 좋아하는 법이다. 또 가까운 사람들에게 과시하고, 여행 중에 본 것을 자랑하고 싶어 한다. 그래서 결국 두 사람은 여기서 계속 행복하게 사는 것을 포기하고 또다시 길을 떠나기로 결심했다. 그들이 출국 허가를 요청하자 임금님이 말했다.

「어리석은 짓을 하시는군요. 우리 나라가 보잘것없기는 하지만, 그래도 그런대로 지낼 만하다면 그냥 머무르는 것이 상책입니다. 물론 제게는 외지인을 억류할 권한이 없습니다. 그건 우리 풍습이나 법이 용납지 않아요. 모든 사람들은 자유니까요. 그러니 언제든 원할 때 떠나세요. 하지만 나가는 게 만만치 않을 겁니다. 여러분은 바위 동굴 속을 흐르는 그 빠른 강물을 기적적으로 헤치고 왔지만 물살을 거슬러 올라가는 것은 불가능합니다. 이 왕국을 둘러싼 산들은 모두 높이가 3천 미터나 되고 성벽처럼 가파른 데다 그 폭이 백 리나 됩니다. 게다가 내려가려면 절벽을 타야 해요. 그렇지만 정히 떠나시겠다면 기계 감독관이 기계를 하나 만들도록 조치를 취하지요. 그걸 타면 산을 쉽게 오를 수 있을 것입니다. 그러나 산꼭대기부터는 혼자 가셔야 합니다. 우리 백성들은 모두 경계 밖으로 나가지 않겠다고 맹세를 하였으니까요. 그 외에 더 필요하신 것이 있으면 기탄없이 말씀해 주세요.」

그러자 카캄보가 대답했다.

「폐하, 청컨대 양 몇 마리에 식량과 함께 이곳의 돌멩이와 흙을 실어 주십시오.」

임금님이 웃으며 말했다.

「당신네 유럽 사람들은 왜 그렇게 우리 땅의 노란 진

흙을 좋아하는지 모르겠군요. 그렇지만 어쨌든 원하는 대로 가지고 가도록 하세요. 모쪼록 행운을 빕니다.」

그는 즉시 기술자들에게 명하여 두 사람을 왕국 밖으로 태워 보낼 기중기를 만들도록 하였다. 유능한 기술자 3천 명이 한꺼번에 달려들어 애쓴 덕택에 기계는 보름 만에 완성되었다. 비용도 그 나라 돈으로 2천만 파운드밖에 들지 않았다. 캉디드와 카캄보는 기계에 올랐다. 수십 마리의 붉은 양도 함께 실렸다. 안장과 굴레를 채운 큰 양 두 마리는 그들이 산에 오른 다음 타고 갈 것이었고, 그 외에 스무 마리에는 식량이, 또 다른 서른 마리에는 이 나라의 진귀한 물건들이, 그리고 나머지 쉰 마리에는 금과 보석과 다이아몬드가 실려 있었다. 임금님은 두 방랑자에게 다정한 작별의 키스를 하였다.

그들의 출발은 대단한 광경이었다. 양 떼와 함께 기계에 실려 산꼭대기까지 올라가는 그들의 모습은 장관을 이루었다. 그들이 안전하게 산 위에 오른 것을 확인한 다음, 기술자들은 그들을 두고 내려갔다. 이제 캉디드에게는 어서 가서 퀴네공드 양에게 양 떼를 보여 주겠다는 일념밖에 없었다.

「만일 부에노스아이레스 총독이 퀴네공드 양을 풀어 주는 대신 돈을 요구한다면 이제 얼마든지 줄 수 있어. 카옌으로 가서 배를 타자. 그런 다음에 왕국을 하나 사도록 하자.」

제19장
수리남에서 무슨 일이 일어났는가, 그리고 캉디드는 어떻게 마르틴을 만났는가

두 여행자의 첫날 여정은 꽤 즐거웠다. 아시아와 유럽과 아프리카 대륙의 모든 보물을 합친 것보다 더 많은 것을 소유하고 있다는 생각에 그들은 한껏 고무되었다. 캉디드는 들뜬 마음으로 여기저기 나무 등걸에 퀴네공드의 이름을 새겼다. 이튿째 되는 날에는 양 두 마리가 늪에 빠져 짐과 함께 가라앉았고, 며칠 후에는 다른 두 마리가 기진맥진하여 죽고 말았다. 그 후, 사막을 지나다가 일고여덟 마리가 굶어 죽었고, 얼마 안 있어 다른 양 몇 마리가 절벽에서 떨어져 죽었다. 이렇게 1백 일이 지나자 이제 양이라고는 두 마리밖에 남지 않았다.

캉디드가 카캄보에게 말했다.

「정말이지 지상의 재물이란 허망한 것이로군. 변하지 않는 것은 미덕뿐이고, 확실한 건 퀴네공드 양을 만나는 행복뿐이야.」

「물론 그렇지요. 하지만 아직 양 두 마리가 남아 있어요. 그것만 해도 스페인 왕이 가진 보물을 다 합친 것보다 더 많을걸요. 그리고 저기 보세요. 마을이 보이는데 아마도 수리남일 거예요. 네덜란드 영토지요. 이제 고생은 끝나고 행복만 남았어요.」

마을 어귀에서 그들은 한 검둥이가 땅바닥에 누워 있는 것을 보았다. 그는 옷을 딱 절반, 즉 푸른 속바지 하나만 걸치고 있었는데 오른팔과 왼 다리가 없었다.

캉디드가 네덜란드어로 말을 걸었다.

「아이고, 하느님! 거기서 뭘 하고 있는 게냐? 그렇게 참담한 꼴을 하고서.」

「유명한 중개상인 반 데르 덴두르 씨를 기다리고 있습죠. 제 주인님 말입죠.」

「반 데르 덴두르 씨가 자네를 그렇게 만들었느냐?」

「네, 나리, 그게 관습입죠. 의복이라고는 1년에 두 번 무명 속바지 하나씩을 주는 게 고작입죠. 설탕 공장에서 일하다 잘못해 맷돌에 손가락이 딸려 들어가면 손을 자르고, 도망을 치다 잡히면 다리를 자르지요. 저는 그 두 가지를 다 겪었습죠. 당신네 유럽인들이 설탕을 먹는 건 바로 그 덕입죠. 예전에 우리 어머니가 기니[37]의 해안에서 돈 열 냥을 받고 저를 팔았을 때 어머니는 기뻐하며

---

37 아프리카의 서해안 지방.

말하셨죠. 〈사랑하는 아들아, 신령님께 감사드려라. 항상 그들을 경배하여라. 그들이 너를 행복하게 지켜 주실 거야. 영광스럽게도 너는 백인님의 노예가 되었고, 그 덕에 네 어머니, 아버지는 운이 피게 되었어.〉 맙소사! 우리 어머니, 아버지가 진짜로 운이 피었는지 어땠는지는 모르지만 어쨌든 제 운은 전혀 아니었습죠. 개나 원숭이나 닭도 우리 처지보다는 훨씬 나아요. 저를 개종시킨 네덜란드 무당들은 일요일마다 흑인이나 백인이나 다 같이 모두 아담의 자식이라고 하더군요. 저는 족보 같은 건 모르지만 그 무당들 말이 맞다면 우리는 모두 친척입죠. 그런데 어찌 친척에게 이렇게 지독하게 굴 수 있을까요?」

캉디드가 외쳤다.

「아, 팡글로스 선생님! 선생님은 이런 끔찍한 일을 상상하지 못하셨겠죠? 정말이지 이젠 선생님의 낙관주의를 포기할 수밖에 없어요.」

「그런데 낙관주의가 뭐예요?」

카캄보의 질문에 캉디드가 대답했다.

「아! 그건 나쁜데도 불구하고 좋다고 마구잡이로 우기는 거야.」

그는 검둥이를 바라보면서 눈물을 철철 흘렸다. 그는 그렇게 울면서 수리남으로 들어갔다.

그들은 마을에 들어가자마자 어떤 사람을 붙잡고 혹

시 그들을 부에노스아이레스로 태워다 줄 선박이 없느냐고 물어보았다. 그런데 마침 그 사람이 배를 가진 스페인 선장이었다. 그는 그 즉시 자기가 최고로 잘 해주겠다면서 잠시 후 주막에서 만나자고 하였다. 캉디드와 충직한 카캄보는 양 두 마리를 데리고 주막으로 가서 그를 기다렸다.

입이 가벼운 캉디드는 스페인 선장에게 자기들이 겪은 일을 모두 얘기하였다. 또한 퀴네공드 양을 빼낼 계획까지 털어놓았다.

그 말을 듣고 선장이 말했다.

「당신들을 부에노스아이레스까지 데려다 주는 건 곤란해요. 나나 당신이나 모두 교수형을 당할 테니까. 아름다운 퀴네공드 양은 총독 각하가 가장 아끼는 정부라서 말이지요.」

그 말은 캉디드에게 청천벽력과도 같았다. 그는 한참 동안 울었다. 그러더니 드디어 울음을 그치고 카캄보를 따로 불러내어 말했다.

「자네가 해줄 일이 있어. 우리 둘 다 주머니 속에 5백만~6백만 냥어치 다이아몬드를 가지고 있고, 또 자네는 나보다 꾀가 많으니 그걸 가지고 혼자 부에노스아이레스로 가서 퀴네공드 양을 구하도록 하게. 만일 총독이 말을 안 들으면 1백만을 주도록 하게. 그래도 안 되면 2백만을 주고. 자네는 종교 재판관을 안 죽였으니 아무도 자네를 경계하지 않을 거야. 나는 다른 배로 베네치아에 가서 자네를 기다리겠어. 그곳은 불가리아인도 아바르인도 유대인도 종교 재판관도 겁낼 필요 없는 자유로운 곳이니까.」

카캄보는 박수를 치며 이 현명한 결정을 환영하였다. 물론 그는 이제 절친한 친구가 된 좋은 주인과 헤어지는 것이 슬펐다. 그러나 주인에게 도움이 된다는 생각에 이별의 고통을 극복하고 눈물을 흘리며 주인을 껴안았다. 캉디드는 그에게 노파를 잊지 말라고 당부했다. 카캄보는 그날로 바로 떠났다. 카캄보는 정말 좋은 사람이었다.

캉디드는 얼마 동안 수리남에 머무르면서 자신과 남은 두 마리의 양을 이탈리아로 데려다 줄 선장을 물색했다. 그는 하인을 고용하고, 긴 여행에 필요한 물품들을 샀다. 마침내 큰 배를 가진 선주인 반 데르 덴두르 씨가 그의 앞에 나타났다.

「얼마면 되겠소? 나와 내 하인들과 내 짐과 저기 저 양 두 마리를 곧바로 베네치아로 데려다 주는 데 말이오.」

선장이 1만 피아스터를 요구하자 캉디드는 바로 승낙했다.

용의주도한 반 데르 덴두르는 속으로 생각했다.

「아! 이 외지인은 1만 피아스터를 바로 내주는구나. 대단한 부자임이 틀림없어.」

그는 얼마 후에 돌아와 2만 피아스터를 주지 않으면

못 가겠다고 버텼다.

그러자 캉디드가 말했다.

「그럼 그렇게 하지요.」

「와! 이 사람 좀 봐. 2만 피아스터도 1만 피아스터처럼 선뜻 내주잖아.」

그는 이렇게 혼잣말을 한 다음, 다시 돌아와 이번에는 3만 피아스터를 주지 않으면 못 가겠다고 하였다.

그러자 캉디드가 대답했다.

「그럼 3만 피아스터를 드리지요.」

네덜란드 상인은 다시 한 번 혼잣말을 하였다.

「아! 이 사람에게는 3만 피아스터가 아무것도 아닌 게로군. 저 양 두 마리에 대단한 보물이 실려 있나 보지. 더 이상 버티지 말아야겠군. 먼저 3만 피아스터를 받고, 그다음은 두고 보자고.」

캉디드는 작은 다이아몬드 두 개를 팔았는데, 그중 작은 것을 판값만으로도 선장이 요구한 액수보다 많았다. 그는 운임을 선불로 치렀다. 양 두 마리가 먼저 배에 오르고 캉디드는 조그만 보트를 타고 정박지에 있는 큰 배를 향해 갔다. 이 틈을 타서 선장은 돛을 펴고 닻을 올렸다. 캉디드가 아연실색해 있는 사이 때마침 순풍이 불어와 배는 곧 시야에서 사라져 버렸다.

「아! 구세계답다, 다워! 정말 구세계다운 속임수야!」

캉디드는 고통에 겨워 울부짖으며 항구로 돌아왔다.

그도 그럴 것이 그가 잃어버린 보물은 군주 스무 명의 재산과 맞먹는 막대한 재물이었던 것이다.

배에서 내리자마자 그는 곧바로 네덜란드 판사를 찾아갔다. 그리고 흥분한 나머지 문이 부서져라 두드려 댔다. 집 안으로 들어간 그는 조금 전에 당한 일을 고래고래 소리를 질러 가며 설명했다. 판사는 먼저 그에게 소란 죄를 적용해 1만 피아스터 벌금형을 선고했다. 그런 다음 그의 사연을 끝까지 주의 깊게 듣고, 상인이 돌아오면 바로 사건을 조사할 것을 약속했다. 그리고 면담을 해준 대가로 또다시 1만 피아스터를 받았다.

엎친 데 덮친 격으로 이런 일까지 당하자 캉디드는 완전히 절망하고 말았다. 물론 그는 이보다 1천 배나 더한 일도 겪었다. 그러나 냉정하고 뻔뻔스러운 판사와 철면피한 도둑 선장 때문에 너무도 울화가 치밀어 완전히 우울증에 빠지고 말았다. 인간의 사악함과 추악함에는 끝도 한계도 없어 보였다. 캉디드의 머릿속에는 슬픈 생각만 가득 찼다. 드디어 프랑스 배 한 척이 보르도로 출항한다는 소식이 전해졌다. 다이아몬드를 등에 가득 실은 양도 잃어버린 만큼 캉디드는 이제 홀가분한 몸인지라 적당한 가격으로 선실을 하나 빌렸다. 그러고는 그 지방에서 가장 불행하고 또 가장 자기 처지에 환멸을 느끼는 사람을 구한다는 광고를 내었다. 함께 여행을 하는 대신 뱃삯과 식사비 일체를 대주고, 수고비 2천 피아스터를 덤으로 준다는 조건이었다.

웬만한 함대 하나로도 다 못 실을 만큼 많은 지원자들이 구름처럼 몰려들었다. 캉디드는 모두들 저마다 자기가 적격자라고 주장하는 사람들 중에서 척 보기에도 조건에 맞아 보이고, 또 사교성이 있어 보이는 사람 스무 명을 추렸다. 그들이 여관에 모이자 캉디드는 모두에게 저녁 식사를 대접할 테니, 각자 자신의 과거 이야기를 솔직하게 얘기하겠다고 맹세하도록 하였다. 그중에서 가장 동정할 만하고, 또 자신의 처지에 가장 불만인 사람을 뽑을 것이며, 나머지 떨어진 사람들에게도 응분의 보상을 하겠다고 약속하였다.

그들의 이야기는 새벽 4시까지 계속되었다. 이야기를 들으면서 캉디드는 노파의 말이 생각났다. 그들이 부에노스아이레스로 오는 길에 노파는 배에 타고 있는 사람들 중 큰 불행을 겪지 않은 사람이 한 명도 없을 것이라고 장담하였다. 또한 그는 그들 한 사람 한 사람의 이야기가 끝날 때마다 팡글로스를 생각했다.

「팡글로스 선생님이 자기 이론을 증명하려면 꽤 힘이 들겠군. 여기 계셨으면 좋았을 텐데. 엘도라도를 제외하면 모든 것이 잘되어 가는 세계는 이 세상에 없어.」

마침내 그는 10년 동안 암스테르담의 서점에서 일한 어느 불쌍한 학자를 선택하였다. 세상의 어떤 직업도 서점에서 일하는 것보다는 나을 것이라고 생각되었기 때문이다. 이 학자는 참으로 좋은 사람이었지만 지독한 일을 당했다. 아내는 재산을 가로챘고, 아들은 그를 때렸고, 딸은 아버지를 버리고 포르투갈 남자와 달아나 버렸다. 얼마 전에는 그나마 입에 풀칠이라도 시켜 주던 일자리에서 쫓겨났고, 수리남의 목사들은 그를 소치니[38] 주의 신봉자라고 박해하였다. 물론 나머지 사람들도 불행하기는 마찬가지였다. 그러나 캉디드는 이 학자가 아는 것이 많은 까닭에 그와 여행하면 심심하지 않을 것이라고 생각했다. 떨어진 사람들은 캉디드의 결정이 부당하다고 항의했다. 캉디드는 모두에게 1인당 1백 피아스터씩 나눠 주어 그들을 진정시켰다.

---

38 Lelio Sozzini(1525~1562). 시에나의 종교 개혁가로 삼위일체와 예수 그리스도의 신성을 부정하였다.

제20장
항해 중의
캉디드와 마르틴에게 일어난 일

　이렇게 하여 마르틴이라는 늙은 학자는 캉디드와 함께 보르도로 떠나게 되었다. 두 사람 모두 많은 것을 보고 많은 고통을 받았다. 따라서 수리남에서 아프리카의 희망봉을 거쳐 일본까지 세계 일주를 한다고 하더라도 다 못할 정도로 도덕적 악과 자연재해에 관해 할 얘기가 많았다.
　그래도 캉디드는 마르틴보다 처지가 나았다. 마르틴은 아무것도 기대할 것이 없었는 데 반해 캉디드에게는 퀴네공드 양을 만날 희망이 있었고 또 금덩이와 다이아몬드도 가지고 있었기 때문이다. 이 세상의 진귀한 보물을 가득 실은 붉은 양 1백 마리를 잃은 일과 네덜란드 선장에게 사기 당한 일을 생각하면 캉디드는 가슴이 쓰렸다. 그러나 주머니 속에 들어 있는 보물을 생각하면 마음이 든든해졌고, 퀴네공드 양 얘기를 할 때면 가슴이

훈훈해졌다. 그래서 식사 후에 배가 든든해지면 팡글로스의 이론 쪽으로 마음이 기울어지기도 했다. 그는 이에 대해 마르틴의 의견을 물어보았다.

「그런데 마르틴 씨, 선생은 이 모든 것에 대해 어떻게 생각하시오? 도덕적인 악과 자연재해에 대한 선생의 견해는 어떠한가요?」

「글쎄요, 신부들은 나를 소치니주의 신봉자라고 합니다만 사실 나는 마니교도[39]랍니다.」

마르틴이 대답했다. 그러자 캉디드가 말했다.

「아니 날 놀리시는 겁니까? 마니교도는 이제 세상에 존재하지 않아요.」

「내가 있지요. 나도 어쩔 수가 없어요. 아무리 생각해도 달리 생각할 수가 없으니까요.」

「아니 이렇게 부도덕할 수가? 선생 몸에 악마라도 들었어요?」

「악마는 이 세상일에 안 끼어드는 데가 없으니까 내 몸에 들지 말란 법도 없지요. 사실 이 지구상에서 벌어지는 일을 살펴보면 하느님이 사악한 존재에게 지구를

---

39 고대 페르시아의 조로아스터교[拜火敎]에서 파생되어 기독교와 불교 및 바빌로니아의 원시 신앙 등의 여러 요소를 가미한 종교로서, 교조(敎祖) 마니(216~274?)의 이름을 따서 마니교라고 불렀다. 빛과 어둠의 이원론에 바탕을 두고 있는 종교로 서쪽으로는 로마 제국 및 서유럽에, 동쪽으로는 중국과 위구르 등에 퍼졌으나 서유럽에서는 5~6세기쯤에, 그리고 아시아에서는 13~14세기쯤에 소멸하였다.

내맡겨 버렸다는 생각이 듭니다. 물론 엘도라도는 예외지만. 도시 중에 이웃 도시의 멸망을 바라지 않는 도시가 있습니까? 가문도 그래요. 다들 다른 가문이 멸망하기를 원하지요. 이 세상 어디서나 힘없는 자들은 힘센 자들을 죽도록 증오합니다. 막상 그 앞에 가면 벌벌 기면서 말입니다. 그리고 힘센 자들은 힘없는 자들을 가축 취급하지요. 고기와 털을 내다 팔려고 기르는 가축 말입니다. 1백만이나 되는 살인자들이 떼를 지어 유럽 이쪽에서 저쪽 끝까지 몰려다니면서 조직적으로 살인과 도적질을 일삼습니다. 정당한 직업으로는 먹고살 수가 없으니까요. 평화롭고 예술이 꽃피는 도시에서도 사람들은 탐욕과 걱정과 불안에 싸여 있습니다. 그 폐해는 포위 공격을 당하는 도시 사람들이 당하는 재난보다 더 정도가 심하지요. 은밀한 불행은 공공연한 재난보다 더 잔인한 법이니까요. 한마디로 말해 나는 너무 많은 것을 보고 겪어서 마니교도가 되었답니다.」

마르틴이 말을 마치자 캉디드가 반박했다.

「그렇지만 선도 존재합니다.」

그러자 마르틴이 대답했다.

「물론 있을 수 있겠지요. 그렇지만 나는 보지 못했습니다.」

두 사람이 한참 논쟁을 하고 있는 중에 포성이 들리기 시작하더니 점점 더 커져 갔다. 망원경을 꺼내 보니 5킬로미터쯤 떨어진 곳에서 배 두 척이 싸우고 있었다. 때마침 바람이 불어와 그 배들은 캉디드 일행이 타고 있는 프랑스 배 쪽으로 바싹 다가왔다. 그 덕에 그들은 전투 광경을 똑똑히 볼 수 있었다. 그 배들은 서로 일제 사격을 퍼부었는데 드디어 한 배에서 발사한 포탄들이 상대편 배를 정확하게 명중시켰다. 곧 포탄에 맞은 배가 침몰하기 시작하였다. 캉디드와 마르틴은 침몰하는 배의 갑판 위에 있는 생존자 1백여 명을 똑똑히 보았다. 그들은 손을 하늘로 치켜들고 끔찍한 비명을 질렀다. 그러나 다음 순간, 모든 것이 바닷속으로 삼켜지고 말았다.

그 광경을 보고 마르틴이 말했다.

「자! 인간들이 서로에게 어떤 짓을 하는지 잘 보셨겠지요.」

「그래요, 사실 여기에는 뭔가 악마적인 것이 있어요.」

캉디드가 이렇게 말하면서 바다 위를 보니 그가 타고 있는 배 근처에 선명한 붉은 물체가 떠 있었다. 보트를 내려 가까이 다가가서 살펴보니 그것은 캉디드의 양이었다. 캉디드는 무척 기뻤다. 엘도라도의 다이아몬드를 가득 실은 양 1백 마리를 잃은 슬픔보다 지금 양 한 마리를 되찾은 기쁨이 더욱 컸다.

얼마 후 프랑스 선장은 침몰시킨 배의 선장은 스페인 사람이고, 침몰한 배의 선장은 네덜란드 해적이라고 했다. 캉디드의 재물을 훔친 바로 그 작자였다. 그 악당이

훔쳐 간 막대한 재물은 그자와 함께 전부 바닷속에 가라앉고 남은 것은 겨우 양 한 마리였다.

캉디드가 마르틴에게 말했다.

「보세요. 범죄는 징벌을 받지 않습니까? 네덜란드 선장 놈은 저렇게 죽어도 싸요. 인과응보니까.」

그러자 마르틴이 되물었다.

「그건 그래요. 하지만 배에 타고 있던 무고한 승객들은 어쩌지요? 그 사기꾼을 벌한 것이 하느님의 뜻이라면 다른 사람들을 익사시킨 건 악마의 짓일 겁니다.」

프랑스 배와 스페인 배는 항해를 계속했고, 캉디드와 마르틴은 대화를 계속했다. 그들은 2주일간 내리 논쟁을 벌였지만 조금도 의견 차를 줄이지 못했다. 그러나 어쨌든 그들은 이야기를 나누었고 의견을 교환하였으며 서로를 위로하였다. 캉디드는 붉은 양을 쓰다듬으며 말했다.

「잃어버렸던 너를 다시 찾았으니까 퀴네공드 양도 틀림없이 다시 찾을 수 있을 거야.」

제21장
캉디드와 마르틴이
프랑스 해안에서 논쟁을 계속하다

드디어 프랑스 해안이 보이기 시작했다.

「마르틴 씨는 프랑스에 가본 적이 있으세요?」

「네, 프랑스 여러 지방을 두루 돌아다녔습니다. 그중에는 주민 중 절반이 미치광이인 곳도 있고, 모두들 매우 교활한 곳도 있고, 또 대체로 온순하지만 어리석은 사람들이 사는 곳도 있고, 반대로 모두들 재사인 것처럼 구는 곳도 있더군요. 이렇게 각양각색이지만 그래도 모든 지방에 공통점이 있는데 그 첫째는 사람들의 주 관심사가 사랑이라는 것, 둘째는 남의 험담을 한다는 것, 셋째는 어리석은 말을 한다는 것입니다.」

「마르틴 씨, 그런데 파리에는 가보셨나요?」

「네, 가보았지요. 그곳에는 이 모든 종류의 인간들이 다 있어요. 일종의 혼돈의 도가니죠. 모두들 쾌락을 추구하지만 내가 보기엔 아무도 그걸 얻지 못하는 것 같아요. 나는 그곳에 얼마 살지 않았어요. 도착하자마자 생 제르맹 시장에서 소매치기에게 가진 걸 몽땅 털렸어요. 그런데 엎친 데 덮친 격으로 도둑으로 몰려서 일주일간 감옥살이를 했어요. 출소한 후로 인쇄소에서 교정 일을 하였어요. 네덜란드에 걸어 돌아갈 여비를 마련하느라고 말이지요. 나는 삼류 글쟁이들, 책동가들, 광신도들을 만났지요. 파리에는 매우 예절 바른 사람들이 있다고들 하더군요. 정말로 그렇다면 오죽 좋을까요.」

「나는 별로 프랑스를 보고 싶은 마음이 들지 않아요. 선생께서도 쉽게 짐작하시겠지만 엘도라도에서 한 달을 보내고 나니 이제 이 세상에서 퀴네공드 양 이외에는 무엇도 보고 싶지 않아요. 그러니 빨리 베네치아로 가서 그녀를 기다렸으면 합니다. 프랑스를 가로질러 이탈리아로 가려고 하는데 나와 함께 안 가시겠어요?」

캉디드가 동행을 제의하자 마르틴이 동의했다.

「기꺼이 함께 가겠습니다. 베네치아는 베네치아 귀족들에게만 살기 좋은 고장이라고 합니다만 그래도 돈 많은 외국인은 환대한다더군요. 나는 돈이 없지만 당신은 많으니까 나는 어디라도 당신을 따라가겠습니다.」

「이건 딴 얘기지만, 이 배의 선장이 가지고 있는 두꺼운 책에 보면 육지가 원래는 바다였다고 써 있더군요. 그런데 선생은 그 말을 믿습니까?」

캉디드가 물었다.

「나는 전혀 그렇게 생각하지 않습니다. 그뿐만 아니라 얼마 전부터 사람들이 퍼뜨리는 허황된 얘기들도 전혀 믿지 않아요.」

「그럼 이 세상은 무슨 목적으로 만들어졌을까요?」

「우리의 화를 돋우기 위해서죠.」

마르틴이 한마디로 잘라 말했다. 캉디드는 지치지 않고 질문을 계속했다.

「지난번에 오레용족의 나라에서 본 여자들 얘기를 한 적이 있죠? 그 여자들이 원숭이를 사랑하더라는 얘기를 듣고 놀라지 않으셨습니까?」

「전혀 안 놀랐어요. 그 여자들의 사랑은 특별히 이상할 것도 없어요. 나는 하도 이상한 것을 많이 보아서 이제는 아무것도 이상하게 생각되지 않아요.」

「지금 인간은 도처에서 서로를 학살하고 있어요. 그런데 그건 원래 그런 건가요? 인간은 예전부터 늘 서로를 학살해 왔나요? 인간이란 원래 거짓말하고 사기 치고 배신을 밥 먹 듯하고 배은망덕에다 도둑질을 일삼고, 게다가 약하고 변덕스럽고 비겁하고 샘내고 게걸스럽고 술주정하고 인색하며, 또 야망에 불타고 피에 굶주리고 서로 모함하고 방탕하고 광신자에다 위선자에 어리석기까지 한 것인가요?」

「그럼 선생은 매에 대해 어떻게 생각하십니까? 비둘기를 보면 항상 잡아먹는다고 생각하십니까?」

「그럼요, 물론 그렇지요.」

「거 보세요. 매는 절대로 본성이 변하지 않죠. 그런데 왜 선생은 인간 본성이 바뀌기를 바라십니까?」

「아! 그건 다르지요. 인간에게는 자유 의지란 것이…….」

이렇게 갑론을박하는 사이에 그들은 보르도에 도착하였다.

제22장
프랑스에서
캉디드와 마르틴에게 일어난 일

캉디드는 보르도에 잠깐밖에 머무르지 않았다. 그는 엘도라도에서 가져온 돌을 몇 개 팔고, 이제 그에게 필수 불가결한 존재가 된 철학자 마르틴과 동행할 수 있도록 안락한 2인용 역마차 한 대를 마련한 다음, 즉시 그곳을 떠났다. 그는 붉은 양과 헤어지는 것이 몹시 섭섭했지만 어쩔 수 없이 그것을 보르도의 과학 아카데미에 기증하였다. 과학 아카데미는 그해 현상 논문 제목을 〈이 양의 털은 왜 붉은색인가?〉라고 하기로 결정하였다. 그 상은 북부 지방의 학자에게 돌아갔는데, 그는 A 더하기 B 빼기 C 나누기 Z라는 수식을 사용하여 그 양털이 붉은색일 수밖에 없으며, 또한 그 양은 천연두로 죽을 수밖에 없다는 사실을 논증하였다.

그런데 캉디드가 여행 중에 여관에서 만난 사람들은 모두들 〈파리로 간다〉라고 하였다. 그 바람에 캉디드도 슬그머니 호기심이 동해서 프랑스의 수도를 보고 싶은 마음이 생겼다. 게다가 파리를 거치더라도 베네치아로 가는 길에서 그다지 돌아가는 것도 아니었다.

그는 파리 교외의 생마르소 마을을 거쳐 파리로 들어갔는데 그 마을은 베스트팔렌에서도 가장 초라한 마을에 견줄 수 있을 정도로 끔찍한 곳이었다.

노독에 지친 캉디드는 여관에 짐을 풀자마자 곧 가벼운 몸살로 앓아눕게 되었다. 그는 손가락에 커다란 다이아몬드 반지를 끼고 있었고, 또 그의 짐에는 엄청나게 무거운 상자가 들어 있었다. 그 사실이 알려지자 청하지도 않은 의사가 두 명이나 즉각 달려왔고, 절친한 친구를 자처하는 사람들이 그의 곁에서 떠나지 않았으며, 두 명의 신앙심 깊은 여자들이 수프를 끓여 주었다. 그 광경을 보고 마르틴이 말했다.

「내가 처음 파리에 왔을 때가 생각나는군요. 나도 그때 몸이 아팠어요. 그런데 나는 무척 가난했어요. 그래서 내 곁에는 친구도 신앙심 깊은 여인네도 의사도 없었어요. 그래도 저절로 병이 낫더군요.」

그런데 사람들이 하도 약을 먹이고 피를 뽑아 대는 통에 캉디드의 병이 제법 위중해졌다. 그러자 마을의 신부가 와서 저승에 가서 쓸 면죄부를 사라고 감언이설을 늘어놓았다. 캉디드가 싫다고 하자 수프를 끓이던 신앙심 깊은 여자들은 그것이 새로운 유행이라고 말을 거들었다. 캉디드는 자신이 유행과는 거리가 먼 사람이라고 대답하였다. 마르틴은 신부를 창문 밖으로 던져 버리려고 하였다. 그러자 신부는 캉디드가 죽으면 땅에 묻어 주지 않겠다고 위협했다. 마르틴은 만일 신부가 계속 귀찮게 굴면 신부를 땅에 묻어 버리겠다고 으름장을 놓았다. 두 사람의 말다툼이 격해졌고 급기야 마르틴은 신부의 어깨를 붙잡고 거칠게 떼밀어 내쫓아 버렸다. 그 때문에 또 한바탕 난리가 났고, 결국 경찰이 출동하여 조서를 작성하기까지 하였다.

캉디드는 차츰 회복되었다. 그가 기운을 차리기 시작하자 그의 방에는 저녁마다 사람들이 북적거렸다. 그들은 함께 저녁 식사를 하고, 큰돈을 걸고 카드놀이를 하였다. 캉디드는 한 번도 에이스를 손에 잡아 보지 못해서 무척 놀랐다. 그러나 마르틴은 전혀 놀라지 않았다.

캉디드를 맞아 환대한 사람들 중에는 페리고르[40] 출신의 한 사제가 있었다. 도시에는 으레 이 사제처럼 모든 일에 열성적이고 항상 바쁘고 뻔뻔스럽게 알랑거리고 해결사 겸 마당발인 사람들이 있는 법이다. 그들은 타관 사람들이 오는 것을 기다리고 있다가 그들에게 접근하여 도시의 소문을 전해 주고, 온갖 종류의 쾌락을 제공해 준다. 사제는 먼저 캉디드와 마르틴을 극장으로

---

40 프랑스의 남서부 지방.

데려갔다. 그곳에서는 최신 비극 작품이 상연되고 있었다. 한 무리의 재사(才士)들 사이에 자리 잡은 캉디드는 감동적인 장면, 감동적인 연기가 나올 때마다 눈물을 흘렸다. 막간이 되자 그의 옆에 앉았던 재사들 중 한 명이 그에게 말했다.

「그렇게 우는 건 매우 잘못된 일입니다. 여배우는 형편없고, 상대역 배우는 더 형편없고, 작품은 배우들보다 더욱더 형편없어요. 작가는 아랍어를 한마디도 몰라요. 그런데 작품 배경은 아라비아라니까요. 게다가 그 사람은 본유(本有) 관념을 믿지 않아요. 그에 대한 혹평은 내일 스무 개라도 갖다 드릴 수 있어요.」

이 말을 듣고 캉디드가 페리고르 사제에게 물었다.

「사제님, 프랑스에는 희곡이 몇 편 정도 됩니까?」

그러자 사제가 대답했다.

「한 5천~6천 편 되지요.」

「정말 많네요. 그중에서 좋은 작품은 몇 편이나 됩니까?」

「열다섯 내지 열여섯 편이요.」

「정말 많네요.」

이번에는 마르틴이 말했다.

캉디드는 때때로 공연되는 시원찮은 비극에서 엘리자베스 여왕 역을 맡고 있는 여배우가 마음에 들었다. 그래서 마르틴에게 이렇게 말했다.

「저 여배우는 무척 내 마음에 들어요. 퀴네공드 양을 닮은 데가 있는 것 같아요. 한번 인사라도 나눴으면 좋겠군요.」

페리고르 출신 사제가 캉디드를 그녀 집으로 데리고 가서 소개해 주겠다고 나섰다. 독일 출신인 캉디드는 이런 경우 프랑스식 예절은 어떤 것인지, 프랑스에서는 영국 여왕을 어떻게 대하는지를 물었다. 그러자 사제가 대답했다.

「지방과 파리의 방식이 각각 달라요. 지방에서는 주로 선술집에 데려갑니다. 파리의 경우 젊고 아름다운 여배우들은 무척 존중을 받아요. 그렇지만 죽으면 바로 쓰레기장에 던져져요.」

「아니, 여왕을 쓰레기장에 던지다니!」

캉디드가 말했다.

「네, 정말 그렇습니다. 사제님 말이 맞아요. 내가 예전에 파리에 있을 때 모님 양이 이승에서 저승으로 갔죠. 그때 사람들은 소위 말하는 〈매장의 영예〉를 거절했어요. 그 영예란 게 결국 형편없는 묘지에서 그 지역의 온갖 어중이떠중이와 함께 썩는 것뿐이긴 하지만. 어쨌든 그래서 모님 양은 부르고뉴 거리의 한 모퉁이에 외따로 묻혔지요. 그것은 아마 그녀에게 큰 고통을 주었을 겁니다. 매우 고상한 성품이었으니까 말이지요.」

마르틴이 말했다.

「정말 무례한 짓을 범했군요.」

캉디드가 말했다.

「어쩌겠습니까? 이곳 사람들은 다들 그렇게 생겨 먹은걸요. 이 세상에서 상상할 수 있는 모든 모순과 불합리가 이곳에 존재합니다. 이 이상한 나라의 정부와 법정과 교회와 공연장에서 그것들을 볼 수 있지요.」

마르틴이 말했다.

「파리에서는 항상 웃는다는 게 정말입니까?」

캉디드가 묻자 이번에는 사제가 대답했다.

「네, 맞습니다. 그렇지만 속으로는 화가 부글부글 끓고 있답니다. 여기서는 한바탕 웃음으로 불만을 표출하고, 심지어는 가증스런 만행을 자행할 때도 웃음을 잃지 않는답니다.」

「그런데 내가 펑펑 울 정도로 감동해 마지않았던 작품과 배우들에 대해 그렇게 혹평한 그 살찐 돼지 같은 작자는 누구입니까?」

캉디드가 묻자 사제가 대답했다.

「허섭스레기 같은 놈이죠. 모든 연극과 책에 대해서 험담을 하면서 먹고산답니다. 고자가 성한 사람을 미워하듯이 그자는 성공한 사람이면 누구든지 증오합니다. 문학계에 있어서 진흙과 독을 먹고사는 일종의 독사라고 할 수 있지요. 바로 신문 글쟁이랍니다.」

「신문 글쟁이가 뭡니까?」

캉디드가 묻자 사제가 대답했다.

「신문에 글 나부랭이를 쓰는 프레롱[41] 같은 작자들이죠.」

캉디드와 마르틴과 페리고르 출신 사제는 층계에 서서 문밖으로 줄지어 나오는 사람들을 바라보며 이런 얘기를 나누었다. 캉디드가 다시 말머리를 돌렸다.

「퀴네공드 양을 빨리 보고 싶기는 하지만 클레롱 양과 저녁 식사도 하고 싶어요. 정말 멋졌거든요.」

사제는 클레롱 양에게 접근할 수 있는 신분이 못 되었다. 그녀는 상류 계급 사람들만 상대하였기 때문이다. 그래서 그는 말을 둘러대었다.

「오늘 저녁에는 이미 다른 약속이 잡혀 있어서 안 될 것 같아요. 그 대신 다른 귀부인 댁으로 모시고 가겠습니다. 그곳에 가면 오랫동안 파리에서 산 사람처럼 파리에 대해서 잘 알 수 있을 것입니다.」

호기심 많은 캉디드는 그를 따라 포부르 생토노레에 사는 부인 집으로 갔다. 그곳에서는 모두가 파로 놀이[42]에 열중하고 있었다. 돈을 건 열두 명의 손에는 모서리가 접힌 카드 패가 들려 있었는데 그것은 그들의 불행을

---

41 Élie Fréron(1718~1776). 계몽 철학자들에게 적대적이었던 잡지 『문학 연보』의 창립자.
42 트럼프 놀이의 일종. 〈파로〉라는 이름은 카드에 등장하는 파라오 그림에서 비롯된 것으로 보인다.

적은 장부와도 같았다. 깊은 정적이 감돌았다. 돈을 건 사람들의 이마는 창백했고 물주(物主)의 이마에는 불안감이 감돌았다. 냉혹한 물주 옆에 앉은 여주인은 스라소니같이 날카로운 눈으로 노름을 감독하였다. 그러다가 누군가가 점수가 나지 않았는데 카드 귀를 잘못 접거나 하면 즉시, 엄격하게 그것을 시정하도록 지시하였다. 그러나 이 경우에도 그녀는 매우 예절 발랐으며 어떤 경우에도 결코 화내는 법이 없었다. 잘못하여 단골손님을 잃으면 큰일이기 때문이었다. 여주인은 그곳에서 파롤리냐크 후작 부인으로 통했다. 그녀에게는 15세의 딸이 있었는데 그녀 역시 돈을 걸고 카드놀이를 하였다. 그러다가 잔혹한 운명을 바꿔 볼까 하고 그곳에서 얼쩡대는 불쌍한 노름꾼들이 속임수라도 쓰려 하면 즉각 어머니에게 눈짓을 하였다. 페리고르의 사제와 캉디드와 마르틴이 그곳에 들어갔지만 아무도 자리에서 일어나거나 인사를 하지 않았다. 심지어는 쳐다보지도 않았다.

「툰더텐트론크 남작 부인도 이렇지는 않았는데……」

캉디드가 말했다.

그때 사제가 후작 부인에게 다가가 뭐라고 귓속말을 하였다. 그녀는 자리에서 반쯤 일어나 캉디드에게 우아한 미소를 보내고, 마르틴에게 고상하게 머리를 끄덕여 보였다. 그녀는 캉디드에게 자리를 권하고 카드 한 벌을 내주었다. 캉디드는 단 두 판에 5만 프랑을 잃었다. 그런 다음 그들은 매우 즐겁게 저녁 식사를 하였다. 사람들은 캉디드가 많은 돈을 잃고도 전혀 개의치 않는 것을 보고 매우 놀랐다. 하인들은 끼리끼리 모여 하인 특유의 은어를 사용하여 수군대었다.

「저 사람은 돈 많은 영국 귀족임이 틀림없어.」

저녁 식사는 파리의 일반적인 식사 풍경을 그대로 따랐다. 처음에는 침묵이 흐르다가 그다음에는 알아들을 수 없는 이야기들이 웅성대다가 이어 객쩍은 농담과 유언비어, 개똥철학, 약간의 정치 얘기, 그리고 많은 험담이 오고 갔다. 심지어는 새로 나온 책에 대해서도 얘기했다.

「신학 박사인 고샤 씨의 소설을 보았나요?」

페리고르 사제가 묻자 그중 한 사람이 얼른 대답했다.

「네. 그렇지만 끝까지 읽을 수가 없었어요. 요즘엔 뻔뻔한 책이 워낙 많기는 하지만 그 책들을 다 합쳐도 신학 박사 고샤 씨의 책 한 권만큼 지독하지는 않을 겁니다. 나는 산더미같이 쏟아져 나오는 그런 가증스런 책들에 하도 질려서 차라리 파로 놀이로 소일한답니다.」

「T 부주교가 쓴 『논문집』은 어때요?」

사제가 물었다. 그러자 파롤리냐크 부인이 말했다.

「아! 지루하기가 이루 말할 수 없어요! 모두 다 알고 있는 것을 새로운 것인 양 늘어놓는 품이라니! 가벼운 소일거리도 안 되는 것을 무거운 이론이나 되는 것처럼 논하는 꼴이라니! 다른 사람의 사상을 무단으로 도용하여 손톱만큼의 상상력도 보태지 않은 주제에 전부 자기 것인 양하는 꼬락서니라니! 원본을 엉망으로 망쳐 놓은 꼴이라니! 정말이지 그렇게 역겨울 수가! 하긴 이젠 역겨울 일도 없겠네요. 그 사람 책을 몇 쪽 읽었으니 그걸로 충분해요. 부주교는 이제 그만이에요.」

좌중에 있던 어느 교양 있는 학자가 후작 부인의 의견에 동의하였다. 그래서 화제는 비극으로 옮아갔다. 후작 부인의 질문은 왜 어떤 작품은 가끔 상연이 되는데도 불구하고 희곡으로는 읽을 수 없는가 하는 것이었다. 그 교양 있는 사람은 전혀 문학적 가치가 없는 작품이 어떻게 해서 관객의 흥미를 끌 수 있는지를 매우 잘 설명하였다. 그가 몇 마디 말로 증명해 보인 바에 의하면 관객의 흥미를 끄는 데는 소설에서 흔히 볼 수 있는 상황 한두 개면 충분하지만 문학 작품이란 그런 것 이상이어야만 했다. 문학적 가치가 있으려면 새롭되 이상하지 않아야 하고, 항상 자연스럽고 또 때로 숭고해야 하며, 인간의 마음을 알아야 하고 또 그것을 잘 표현할 수 있어야 하며, 등장인물 중 어느 누구도 시인처럼 말해서는 안 되지만 작품 전체가 위대한 시여야 하며, 또한 언어를 완벽하게 알고 순수한 언어를 구사하며 조화롭게 표현하되 운율을 맞추느라 의미를 희생하지 말아야 했다. 그러고 나서 그는 이렇게 덧붙였다.

「이 법칙을 모두 지키지 못해도 어쩌면 극장에서 관객들의 환호를 받는 비극 작품을 한두 편 쓸 수 있을지는 몰라요. 그렇지만 그런 사람은 결코 좋은 작가의 반열에 들 수 없어요. 좋은 비극 작품은 정말 드물어요. 운율이 잘 맞고 잘 쓰인 대화체 전원시에 불과한 작품이 있는가 하면 졸음이 오도록 지루한 정치적 이론이거나, 반감을 불러일으키는 지나친 열변으로 점철된 것도 있어요. 또 어떤 것들은 조잡한 문체로 된 광신자의 헛소리거나 밑도 끝도 없는 넋두리, 혹은 사람에게 말할 줄 모르기 때문에 신이나 불러 대는 호소문이거나 엉터리 격언이거나 진부한 애기를 과장되게 늘어놓는 허장성세에 불과해요.」

이 이야기를 주의 깊게 듣고서 캉디드는 연사에 대해 매우 높이 평가하였다. 후작 부인의 세심한 배려로 그녀 곁에 앉게 된 캉디드는 그녀의 귀에 대고 그렇게 말을 잘하는 그 사람이 누구인지 넌지시 물어보았다.

「그 사람은 학자인데 도박은 하지 않지만 가끔씩 사제가 저녁 식사에 데려오죠. 비극과 책에 정통한 사람이에요. 비극을 한 편 썼는데 관객에게 야유를 받았고, 책도 한 권 썼는데 출판사 밖으로는 단 한 권밖에 나가지 않았어요. 그 한 권은 바로 그 사람이 내게 바친 헌정본이었죠.」

후작 부인이 말했다.

「위대한 사람이야! 또 한 명의 팡글로스 박사가 여기 있군.」

캉디드는 이렇게 말하고 나서 그 학자를 돌아보며 말했다.

「선생, 당신은 물론 자연적인 면이나 도덕적인 면에 있어 이 세상이 최선이며 다른 세상은 있을 수 없다고 생각하시겠죠?」

「아니, 나는 전혀 그렇게 생각하지 않습니다. 나는 이 세상의 모든 것이 잘못 돌아가고 있다고 생각합니다. 사람들은 자기 위치를 모르고 책임도 모르며 자기가 무엇을 하고 있는지 무엇을 해야 하는지도 모릅니다. 게다가 항상 무례한 언쟁만 일삼고 있습니다. 물론 저녁 식사 시간은 예외입니다. 그 시간만큼은 제법 즐겁고 단합된 것처럼 보이니까요. 어쨌든 이 시간을 제외하면 항상 싸움질이죠. 얀센파[43]는 몰리나파[44]와 다투고 고등 법원은 교회와 다투고, 문인은 문인끼리 조정의 고관은 고관끼리 은행가들은 서민들과 아내들은 남편들과 친척은 친척들끼리 다투죠. 한마디로 영원한 전쟁이에요.」

캉디드는 그의 말을 반박했다.

「나는 그보다 더한 것도 보았어요. 그렇지만 불행하게도 교수형을 당한 어떤 지혜로운 분이 제게 가르쳐 주시기를 모든 것이 최선이라고 하셨어요. 그런 나쁜 것들은 좋은 그림에 있는 그림자에 지나지 않는다고 말이죠.」

[43] 네덜란드의 신학자 얀센의 학설을 지지하는 교파.
[44] 스페인의 신학자 몰리나의 학설을 지지하는 교파.

그러자 마르틴이 말을 받았다.

「교수형당한 그분은 세상을 조롱한 겁니다. 그 그림자라는 게 실제로는 끔찍한 얼룩이랍니다.」

「얼룩을 만드는 것은 사람들이에요. 게다가 그들도 달리 어쩔 수가 없어요.」

캉디드가 말했다.

「그럼 그건 그들 탓이 아니군요.」

마르틴이 말했다.

대부분의 노름꾼들은 이 이야기를 전혀 이해하지 못한 채 술만 마시고 있었다. 마르틴은 학자와 함께 토론을 계속했고, 그사이 캉디드는 여주인에게 자신의 사연을 일부 들려주었다.

저녁 식사가 끝나자 후작 부인은 캉디드를 자기 방으로 데리고 가서 소파에 앉히고는 그에게 물었다.

「자, 그러니까 당신은 퀴네공드 드 툰더텐트론크 양을 열렬히 사모하신다고요?」

「네, 그렇습니다.」

캉디드가 대답했다.

후작 부인은 다정한 미소를 띠면서 대꾸하였다.

「당신은 베스트팔렌 청년답게 대답하시는군요. 프랑스 남자라면 이렇게 말했을 거예요. 〈제가 퀴네공드 양을 사랑한 것은 사실입니다. 그렇지만 부인, 당신을 보니 이제 그녀를 더 이상 사랑하지 않게 될까 봐 두렵습니다.〉」

「아, 그래요? 그럼 부인께서 원하시는 대로 대답하겠습니다.」

캉디드가 말했다.

「그녀의 손수건을 주워 준 것이 계기가 되어 그녀를 사랑하게 되었다고요? 그럼 이제 내 양말대님을 주워 주세요.」

「기꺼이 복종하겠습니다.」

캉디드는 이렇게 말하고 대님을 주웠다. 그러자 후작 부인이 말했다.

「이제 그걸 채워 주세요.」

캉디드는 대님을 채웠다. 그러자 부인이 말했다.

「자, 보세요. 당신은 외국인이에요. 나는 때로 파리의 내 애인들을 2주일씩이나 애태우게 하죠. 하지만 베스트팔렌의 청년에게는 특별한 환대를 하는 것이 국민의 도리니까 당신에겐 첫날 밤부터 기꺼이 승낙하겠어요.」

그녀는 캉디드가 두 손에 끼고 있는 커다란 다이아몬드 두 개를 보고 감탄해 마지않았다. 그녀가 하도 드러내 놓고 칭찬을 해대는 통에 다이아몬드는 어느새 캉디드의 손가락에서 후작 부인의 손가락으로 옮겨 갔다.

페리고르 신부와 함께 후작 부인 집에서 돌아오는 길에 캉디드는 퀴네공드 양을 배신했다는 것 때문에 양심의 가책을 느꼈다. 사제는 캉디드의 고통에 깊은 이해를 표시했다. 실제로 캉디드가 노름에서 잃은 5만 프랑과 자의 반 타의 반으로 후작 부인에게 준 다이아몬드 두 개의 대가로 그가 챙긴 몫은 얼마 되지 않았다. 그래서 그는 캉디드와의 친분 관계를 이용하여 최대한의 이익을 취하려고 마음먹었다. 이런 목적 때문에 그가 계속 퀴네공드 이야기를 하자 캉디드는 베네치아에서 퀴네공드를 만나면 자신의 바람기에 대해 용서를 빌 것이라고 말했다.

페리고르 사제는 더욱더 공손하고 주의 깊은 태도로 그의 말과 행동 하나하나에 애정 어린 관심을 보였다. 그가 캉디드에게 물었다.

「그러니까 나리님은 베네치아에서 만날 약속을 하신 겁니까?」

「네, 사제님. 나는 퀴네공드 양을 만나러 그곳에 꼭 가야 해요.」

그러고 나서 캉디드는 사랑하는 사람에 대해 이야기하는 즐거움에 취해 으레 하던 습관대로 사제에게 퀴네공드 양과 자신의 사연을 들려주었다.

「퀴네공드 양은 매우 재치가 있고 편지도 잘 쓰시겠지요?」

사제가 물었다.

「나는 그녀로부터 편지를 받은 적이 없어요. 그녀를 사랑하는 죄로 성에서 쫓겨났으니 당연히 그녀에게 편지도 쓸 수 없었죠. 게다가 그 후 곧 그녀가 죽었다는 소식을 들었고, 뜻밖에 다시 만나기는 했지만 곧 다시 헤어졌으니까요. 지금은 이곳으로부터 2만 7천 리 떨어진 곳에 있는 그녀에게 심부름꾼을 보내 놓고 회답을 기다리는 중이에요.」

사제는 캉디드의 말을 주의 깊게 듣더니 잠시 뭔가를 곰곰 생각하는 것 같았다. 얼마 후 그는 캉디드와 마르틴을 다정하게 포옹하고 작별 인사를 나눈 후 돌아갔다.

다음 날 아침, 캉디드는 다음과 같은 편지를 받았다.

사랑하는 사람이여, 나는 일주일 전부터 이 도시에서 몸져누워 있어요. 당신이 여기 왔다는 소식을 들었어요. 기동할 수만 있다면 당신 품으로 달려갈 텐데요. 보르도에서 당신 소식을 듣고 충실한 카캄보와 노파를 그곳에 남겨 두고 왔어요. 그들도 곧 나를 따라올 거예요. 부에노스아이레스 총독이 모든 것을 다 빼앗았어요. 하지만 내게는 아직 당신의 사랑이 남아 있어요. 오세요. 당신 모습이 나를 살릴 거예요. 아니, 어쩌면 너무 기뻐서 죽어 버릴지도 모르겠군요.

기대하지 않았던 이 매혹적인 편지를 받고 캉디드는 기뻐서 어쩔 줄을 몰랐다. 그러나 사랑하는 퀴네공드가 아프다는 소식은 그를 매우 고통스럽게 했다. 이 두 가지 감정이 교차하는 가운데 그는 금과 다이아몬드를 가지고 마르틴과 함께 퀴네공드 양이 묵고 있는 호텔로 갔다. 그는 벅찬 감정에 떨며 안으로 들어갔다. 심장이 고동치고 목이 메었다. 그는 침대의 휘장을 열어제치며 램프를 가져오라고 말했다.

「안 돼요. 불빛은 아가씨 몸에 해로워요.」

그곳에 있던 하녀가 이렇게 말하며 휘장을 급히 도로 쳤다.

「사랑하는 퀴네공드, 많이 아파요? 나를 볼 수 없다면 말이라도 해보세요.」

캉디드가 울음 섞인 목소리로 말했다.

「아가씨는 말을 할 수 없어요.」

하녀가 말했다.

병자는 침대에서 포동포동한 손을 내밀었다. 캉디드는 그 손을 잡고 오랫동안 울었다. 그러고 나서 그 손에 다이아몬드를 가득 쥐어 주고 안락의자에 금이 가득 든 주머니를 내려놓았다.

그가 이렇게 흥분해 있을 때 헌병 장교가 페리고르 사제와 한 무리의 군인들을 데리고 들이닥쳤다.

「이자들이 바로 그 수상한 외국인들이오?」

그는 즉시 그들을 체포한 다음 감옥으로 데려가라고 부하들에게 명령하였다.

「엘도라도에서는 여행자들을 이렇게 대접하지 않는데.」

캉디드가 말했다.

「나는 더욱더 마니교를 신봉하게 되었습니다.」

마르틴이 말했다.

「그런데 여보시오, 우리를 어디로 데리고 가는 거요?」

캉디드가 물었다.

「지하 감옥 밑바닥으로.」

헌병 장교가 말했다.

침착성을 되찾은 마르틴은 곧 퀴네공드라고 자처하는 부인이 맹랑한 사기꾼이며, 캉디드의 순진함을 이용해 그를 등쳐 먹은 페리고르 사제도 사기꾼이고, 헌병 장교 역시 사기꾼임을 알아차렸다. 그는 이 헌병 장교쯤은 쉽게 처리할 수 있다고 판단했다.

캉디드는 마르틴의 조언에 따라 행동하기로 했다. 실제로 그는 진짜 퀴네공드를 한시라도 빨리 만나고 싶어 안달이 나 있었기 때문에 법정에 나가 재판을 받느니 헌병 장교에게 하나에 금화 3천 피스톨의 가치가 있는 작은 다이아몬드 세 개를 주고 흥정하는 편을 택했다.

「아! 나리님, 이 세상에서 상상할 수 있는 모든 범죄를 당신 혼자서 모두 다 범했다 칩시다. 그래도 당신은 세상에서 가장 정직한 분이십니다. 다이아몬드를 세 개씩이나! 그것도 한 개에 3천 피스톨이나 나가는 것을! 나리! 당신을 감방으로 데리고 가느니 차라리 내 목숨을 내놓겠습니다. 외국인을 모두 체포하도록 되어 있지만 내게 좋은 수가 있어요. 노르망디 땅 디에프에 내 동생이 있는데 그리로 모시고 가겠습니다. 내 동생에게 다이아몬드 몇 개를 주면 동생도 나처럼 당신을 잘 돌봐 드릴 것입니다.」

옆구리에 상아 단장을 찬 헌병 장교의 말에 캉디드가 물었다.

「그런데 왜 외국인을 모두 체포합니까?」

그러자 페리고르 사제가 나섰다.

「그건 아트레바티[45] 지방의 한 망나니가 어리석은 소리를 들었기 때문이죠. 단지 그것 때문에 왕을 시해하려 했어요. 그렇지만 1610년 5월 사건이 아니라 1594년 12월 사건과 같은 종류의 시해지요. 사실 그런 기도는 다른 해에도 여러 번 있었어요. 모두 어리석은 망나니들이 어리석은 소리를 듣고서 저지른 짓이죠.」

헌병 장교는 사제의 말을 부연해서 자세히 설명해 주

---

45 프랑스 북부 지방의 옛 이름이다. 여기에 암시된 사건은 1757년 1월 5일 아트레바티 즉 아르투아 지방 출신의 다미엥에 의한 루이 15세 시해 미수 사건이다. 이때 일시적으로 외국인들을 체포한 적이 있었는데 그것은 이 사건의 배후에 영국이 있다고 의심했던 데 기인한다. 그러나 사건은 다미엥이 혼자 저지른 것으로 밝혀졌다. 다미엥은 사지를 찢어 죽이는 형벌을 선고 받았는데 몇 시간이나 계속된 그의 단말마의 고통은 추문을 불러일으켰고, 후에 이러한 잔혹한 형벌을 폐지하는 계기가 되었다. 1594년에는 장 샤텔이 앙리 4세를 칼로 찔러 부상을 입힌 국왕 시해 미수 사건이 있었으며, 1610년에는 라바이야크가 앙리 4세를 실제로 암살하였다.

었다. 설명이 끝나자 캉디드는 몸서리를 쳤다.

「아! 이렇게 잔인무도할 수가! 아니, 춤추고 노래하는 국민이 그런 끔찍한 일을 저지를 수가 있단 말인가! 한시라도 빨리 원숭이들이 호랑이들을 찝쩍거리는 이런 나라를 벗어날 수 없을까? 우리 나라에서는 곰을 보았고, 이곳에는 원숭이와 호랑이뿐이고! 인간을 볼 수 있는 곳은 엘도라도뿐이야. 아, 헌병 나리, 제발이지 나를 베네치아로 데려다 주시오. 거기 가서 퀴네공드 양을 기다려야겠소.」

「나는 당신들을 남부 노르망디까지밖에 데려다 줄 수 없어요.」

이렇게 말한 후, 헌병 장교는 곧 그들을 묶고 있는 쇠사슬을 풀게 했다. 그러고는 사람을 잘못 보았다고 말하며 부하들을 돌려보낸 다음 캉디드와 마르틴을 디에프로 데리고 가서 자기 동생의 손에 넘겨주었다. 항구에는 작은 네덜란드 배가 정박해 있었다. 캉디드가 다이아몬드 세 개를 주자 헌병 장교의 동생은 곧 이 세상에서 가장 친절한 사람이 되어 캉디드와 그의 하인들을 영국의 포츠머스 항구로 떠나는 배에 태워 주었다. 물론 그것은 베네치아로 가는 길이 아니었다. 그러나 캉디드는 그것만으로도 지옥에서 벗어나는 느낌이었다. 그는 기회가 닿는 대로 최대한 빨리 베네치아에 가기로 마음먹었다.

제23장
캉디드와 마르틴이 영국 해안에서 목도한 광경

「아! 팡글로스, 팡글로스! 아! 마르틴, 마르틴! 아! 내 사랑 퀴네공드! 이 세상은 도대체 왜 이 지경일까?」

캉디드가 네덜란드 배에 올라 한탄하였다.

「미쳐 돌아가는 혐오스런 곳이지요.」

마르틴이 대답했다.

「선생은 영국을 아시지요. 그곳도 역시 프랑스처럼 미쳐 돌아가나요?」

「미친 건 마찬가지지만 종류가 좀 다르지요. 두 나라는 캐나다에 있는 눈 덮인 땅 몇 뙈기 때문에 전쟁을 하고 있답니다. 그 잘난 전쟁에다 캐나다 전체 값어치보다 더 많은 돈을 쏟아붓고 있어요. 내 부족한 지식으로는 어느 나라에 미치광이가 더 많은지 잘라 말할 수 없지만 어쨌든 우리가 앞으로 보게 될 이 나라 사람들 성격이 대체로 음울하다는 것만은 분명히 말할 수 있어요.」

이렇게 말하는 동안 그들은 포츠머스 항구에 닿았다. 수많은 사람들이 해안을 가득 메우고 있었다. 그들의 시선은 모두 항구에 정박해 있는 배 한 척에 고정되어 있었다. 그 배의 상갑판에는 눈을 띠로 가린 풍채 좋은 남자가 무릎을 꿇고 앉아 있고, 그 맞은편에는 네 명의 군인이 일렬로 늘어서 있었다. 그들은 너무도 천연덕스럽게 그 남자의 머리에 각각 세 발씩 총을 쏘았다. 그러자 군중은 매우 만족하여 돌아갔다.

「아니, 이게 무슨 일이야? 온 천지에 악마가 횡행활보한단 말이야?」

대경실색한 캉디드는 방금 그렇게 제대로 의식을 갖추어 죽인 풍채 좋은 남자가 누구인지 물어보았다. 그러자 누군가가 대답했다.

「해군 제독이오.」

「그런데 제독을 왜 죽입니까?」

「사람을 많이 죽이지 못했기 때문이지요. 프랑스 해군 제독과 맞붙어 전쟁을 했는데 프랑스 제독 쪽으로 제대로 바싹 다가가지 않았다고들 해요.」

「하지만 서로 바싹 다가가지 않은 건 프랑스 제독이나 영국 제독이나 피장파장이지 않아요!」

「그건 물론 그렇죠. 하지만 이 나라에서는 일벌백계(一罰百戒)하기 위해서 때때로 제독을 죽이는 것이 필요하다고 생각한답니다.」

캉디드는 지금까지 보고 들은 것에 너무도 놀라고 또 정나미가 떨어져서 그 땅에는 발조차 들여놓기 싫었다. 그래서 그는 네덜란드 선장과 흥정하여 곧바로 베네치아로 데려다 달라고 하였다(수리남의 네덜란드 선장 때처럼 바가지를 쓸 것을 감수하고서 말이다).

선장은 이틀 만에 항해 준비를 끝냈다. 배가 프랑스 해안을 끼고 돌아 리스본이 보이는 곳을 지나갈 때 캉디드는 몸서리를 쳤다. 배는 해협을 지나 지중해로 들어서더니 마침내 베네치아에 도착했다. 캉디드는 마르틴을 얼싸안고 환호했다.

「하느님 감사합니다! 바로 이곳에서 아름다운 퀴네공드를 다시 만나게 되겠군요. 나는 카캄보를 내 몸처럼 믿어요. 다 잘되어 가고 있어요. 모든 게 최선이에요.」

제24장
파케트와 지로플레 수사

 캉디드는 베네치아에 도착하자마자 카캄보를 찾았다. 사람을 풀어 모든 주막과 카페와 사창가를 샅샅이 뒤졌지만 카캄보는 끝내 그림자도 보이지 않았다. 항구에 들어오는 모든 큰 배와 작은 배에도 매일같이 사람을 보냈지만 그의 행적은 여전히 묘연하기만 했다.
 캉디드가 마르틴에게 말했다.
「아니, 내가 수리남에서 보르도로, 보르도에서 파리로, 파리에서 디에프로, 디에프에서 포츠머스로 돌아다니고, 또 포르투갈과 스페인 연안을 돌아 지중해를 건너오느라 그렇게도 많은 시간을 지체했는데, 게다가 베네치아에 온 지 몇 달이나 되었는데 아직도 아름다운 퀴네공드 양이 오지 않다니! 그녀 그림자커녕 고작 그런 화냥년 같은 여자하고 사기꾼 같은 페리고르 사제밖에 만나지 못하다니! 퀴네공드 양은 죽은 것이 틀림없어요.

그러니 이제 나도 죽는 수밖에. 아! 이럴 줄 알았으면 차라리 이 저주 받은 유럽에 돌아오지 말고 그냥 천국 같은 엘도라도에 남아 있을 걸 그랬어요. 마르틴 씨! 당신 말이 정말 옳아요. 세상에는 불행과 속임수뿐이에요.」

그는 심한 우울증에 빠졌다. 유행하는 오페라도 보지 않고 흥겨운 카니발도 외면했으며 여자에게도 전혀 관심이 없었다.

마르틴이 그에게 말했다.

「순진한 양반 같으니! 참 딱하십니다. 당신은 5백만~6백만 냥이나 되는 거금을 주머니에 넣고 있는 혼혈 하인이 당신 애인을 찾아 이 세상 끝까지 갈 것이라고, 그리고 베네치아로 데려올 것이라고 생각하셨단 말입니까? 만일 찾았다 하더라도 자기가 가로챘을 겁니다. 만일 못 찾았다면 다른 애인을 찾았겠지요. 이제 당신 하인과 애인은 잊으세요. 카캄보와 퀴네공드는 깨끗이 잊으시란 말입니다.」

마르틴의 말은 전혀 위로가 되지 않았다. 캉디드의 우울증은 더욱 심해졌다. 마르틴은 아무도 갈 수 없는 천국인 엘도라도를 빼면 이 세상 어디에도 미덕과 행복은 존재하지 않는다는 것을 갖가지 방식으로 증명했다.

퀴네공드를 기다리며 또 이처럼 중요한 문제에 대해 토론을 하며 소일하고 있던 차에, 어느 날 캉디드는 산마르코 광장에서 테아토 수도회 수도사 한 명이 여자와 팔짱을 끼고 가는 것을 보았다. 수도사는 생기 있고 살집이 좋고 기운차 보였으며 눈은 빛나고 표정은 자신만만한데다 신색이 훤하고 거동 또한 당당하였다. 여자는 매우 예쁜 데다 노래까지 부르고 있었다. 그녀는 그윽한 눈으로 수도사를 바라보았다. 남자는 남자대로 여자의 통통한 두 볼을 살짝 꼬집어 주었다.

그 광경을 보고 캉디드가 마르틴에게 말했다.

「적어도 저들만큼은 행복한 사람들이라고 말할 수 있겠죠. 엘도라도를 제외한 이 세상 어디에고 불행한 사람들밖에 없었어요. 하지만 내 장담하건대 저 여자와 수도사는 정말 행복한 사람들일 겁니다.」

「내 장담하건대 아니라고 봅니다.」

마르틴이 말하자 캉디드가 제안했다.

「그럼 저녁 식사에 초대해 봅시다. 그러면 내가 틀렸는지 어떤지 알게 되겠죠.」

캉디드는 즉시 그들에게 다가가서 인사를 한 다음 자기 숙소에 가서 마카로니와 롬바르디아산 자고새와 철갑상어 알 요리를 먹고, 몬테풀치아노 포도주와 라크리마 크리스티 포도주와 키프로스산 포도주, 그리고 사모스산 포도주를 함께 마시자고 청했다. 여자는 얼굴을 붉혔고 수도사는 초대에 응했다. 여자는 다소곳이 그를 따라가면서 놀라고 당황한 눈으로 캉디드를 쳐다보았다. 그녀의 눈에 차츰 눈물이 어렸다. 그녀는 캉디드의 방으로 들어오자마자 캉디드에게 말을 붙였다.

「아니! 캉디드 나리께서 파케트를 몰라보시다니요!」

사실 캉디드는 그때까지 퀴네공드 생각만 하고 있었기 때문에 파케트를 주의 깊게 보지 않았다. 따라서 이 말을 듣고서야 겨우 그녀를 알아보았다.

「쯧쯧, 애야! 팡글로스 선생님을 그 지경으로 만든 게 바로 너였단 말이냐?」

「네, 그래요. 나리도 다 알고 계시나 보네요. 저도 남작님 댁과 아름다운 퀴네공드 양에게 일어난 끔찍한 불행을 알고 있어요. 그런데 제 팔자도 그 못지않아요. 나리께서 그 댁에 계시던 시절에는 저도 매우 순진한 처녀였답니다. 그런데 제 담임 신부였던 프란체스코회 수도사가 어수룩한 저를 꾀었어요. 그 일로 제 인생은 결딴나고 말았어요. 남작님이 나리의 엉덩이를 차서 내쫓은 얼마 후에 저도 성에서 나와야 했어요. 만일 어느 유명한 의사가 저를 불쌍히 여기지 않았더라면 저는 벌써 죽고 없을 거예요. 그로부터 얼마 동안 저는 보은의 뜻에서 그 의사의 정부 노릇을 했어요. 그런데 그 사람 부인이 어찌나 질투가 세던지 날마다 저를 개 패듯 팼어요. 정말 표독스런 여자였어요. 그 의사는 최고로 못생긴 남자였고, 저는 최고로 불행한 여자였어요. 사랑하지도 않는 남자 때문에 날마다 매를 맞았으니까요. 아시다시피 성미가 고약한 여자가 의사 부인이 되는 건 매우 위험한 일이에요. 자기 아내의 행동에 진저리가 난 의사는 어느 날 아내가 가벼운 감기에 걸리자 약을 지어 주었는데, 그 약이 어찌나 효험이 좋던지 그녀는 두 시간 동안 끔찍한 경련을 일으킨 끝에 그만 죽고 말았어요. 부인의 부모가 의사를 살인죄로 고발하자 의사는 도망을 쳤고, 남아 있던 저만 감옥에 갇히게 되었어요. 저는 결백했지만 만일 제가 얼굴이 반반하지 않았더라면 그것만으로는 결코 무죄 방면되지 못했을 거예요. 판사는 의사의 뒤를 잇는다는 조건으로 저를 풀어 주었어요. 얼마 후 딴 여자가 생기자 판사는 땡전 한 푼 안 주고 저를 내쫓았어요. 그 후로 저는 이 고약한 직업을 계속해야 했어요. 당신들 남자들에게는 이게 즐거워 보이겠지만 우리 여자들에게는 비참의 구렁텅이랍니다. 저는 베네치아에 몸을 팔러 왔어요. 아! 나리, 나리는 상상할 수 없을 거예요. 늙은 상인, 변호사, 수도사, 뱃사공, 사제 할 것 없이 온갖 남자를 애무하는 것이 어떤 것인지! 온갖 모욕과 학대에 시달려야 하고, 옷이 없어 치마를 빌려 입고 나가는 일도 허다해요. 구역질 나는 사내라도 한 놈 찾아서 치마 입은 엉덩이를 들이밀어야 해요. 그렇게 해서 번 돈을 다른 놈에게 강탈당하고 또 경찰에게 돈을 뜯기기도 하죠. 게다가 미래도 뻔해요. 수용소나 빈민굴에서 비참한 노년을 보내다 죽겠죠. 저야말로 이 세상에서 제일 불행한 사람이에요.」

파케트는 착한 캉디드에게 이렇게 속내를 털어놓았다. 방에 함께 들어와 이야기를 듣던 마르틴은 그녀의 이야기가 끝나자 캉디드에게 말했다.

「벌써 내기의 반은 내가 이긴 것 같네요.」

지로플레 수사는 식당에 홀로 남아 식사를 기다리며 술을 마시고 있었다. 캉디드가 파케트에게 물었다.

「그런데 아까 내가 너를 보았을 때 너는 정말 행복하고 즐거워 보였어. 노래를 흥얼거리면서 진심에서 우러나온 듯이 사랑스럽게 수도사를 어루만지고 있었어. 너는 지독하게 불행하다고 말하지만 내게는 정반대로 네가 지독하게 행복해 보이더군.」

파케트가 대답했다.

「아! 나리, 우리 직업이 달래 비참한가요? 어제 저는 어느 장교에게 얻어맞고 돈까지 빼앗겼어요. 그런데 오늘은 수도사에게 잘 보이기 위해서 기분 좋은 척해야 한답니다.」

캉디드는 더 이상 듣고 싶지 않았다. 그는 마르틴이 옳다고 인정했다. 그들은 파케트와 수도사와 함께 식탁에 앉았다. 식사는 퍽 즐거웠다. 식사가 끝날 무렵에는 마음을 터놓은 대화가 오고 갔다. 캉디드가 수도사에게 말했다.

「신부님, 신부님 팔자는 모두가 부러워할 만합니다그려. 몸은 건강해서 신수가 훤하고 마음은 행복해서 표정이 환해요. 게다가 기분 전환으로 여자까지 데리고 놀 수 있으니 신부님은 수사 생활에 매우 만족하고 계신가 봐요.」

그러자 지로플레 수사가 고개를 절레절레 내저었다.

「말도 마시오, 선생. 사실은 테아토 수도사들을 전부 바다에 처넣어 버리고 싶어요. 수도원에 불을 확 싸질러 버리고 터키로 달아날까 하는 생각을 백 번도 더했어요. 내가 열다섯 살 때 우리 부모님이 나를 억지로 그 지긋지긋한 수도원에 들어가게 했어요. 형에게 재산을 더 많이 물려주려고 말이죠. 빌어먹을 형 같으니라고! 수도원은 질투와 불화와 울화로 가득 차 있어요. 물론 나도 시원찮은 설교를 해서 돈을 좀 벌긴 했지만 그중 절반은 수도원장이 가로채고 나머지는 여자를 사는 비용으로 나가요. 하지만 저녁에 수도원으로 돌아가면 그만 숙사 벽에 머리를 찧고 죽어 버리고 싶어요. 나뿐만 아니라 내 동료들도 대개 그래요.」

마르틴은 캉디드를 바라보며 평소처럼 담담한 표정으로 말했다.

「자! 내가 내기에 완전히 이겼지요?」

캉디드는 파케트에게 2천 피아스터를, 지로플레 수사에게 1천 피아스터를 주고 나서 말했다.

「내 장담하건대 이것으로 이 사람들도 행복해질 겁니다.」

마르틴이 그 말을 받았다.

「나는 전혀 그렇게 생각하지 않아요. 그 돈은 아마도 그들을 더욱 불행하게 만들 겁니다.」

그러자 캉디드가 말했다.

「될 대로 되라지요. 하지만 한 가지 위안이 되는 것은 절대로 다시 만날 수 없으리라고 생각했던 사람들을 다시 만나게 된다는 점입니다. 붉은 양과 파케트를 다시 만났으니 퀴네공드 양도 다시 만날 수 있겠지요.」

「언젠가 그녀가 당신을 행복하게 해줄 수 있기를 빕니다. 하지만 나로서는 그게 심히 의심스럽군요.」

「당신은 참 몰인정하군요.」

「지금까지 그렇게 살아온 걸 어쩝니까.」

「하지만 저 곤돌라 뱃사공들 좀 보세요. 항상 노래를 흥얼거리고 있지 않아요?」

「하지만 그 사람들이 집에서 어찌하고 있는지는 모르지 않습니까? 아내와 자식들과 함께 있을 때 말이죠. 베네치아 총독은 그 나름대로 근심이 있고 뱃사공들은 또 그들 나름대로 근심이 있습니다. 물론 대체적으로 뱃사공 팔자가 총독 팔자보다 낫기는 하지만 그래 봐야 도토리 키 재기가 아닐까요?」

「사람들 말로는 포코쿠란테라는 원로원 의원이 브렌타 강변의 아름다운 궁전에 살고 있는데, 외국인들을 제법 잘 접대한다고 하더군요. 게다가 그 사람은 평생 근심이라고는 해본 적이 없다고 해요.」
「그런 희귀 인종이 있다면 나도 좀 만나 보고 싶군요.」
캉디드는 곧 포코쿠란테 의원에게 사람을 보내어 이튿날로 접견을 요청하였다.

제25장
베네치아 귀족 포코쿠란테의 궁전을 방문한 캉디드와 마르틴

캉디드와 마르틴은 브렌타 강을 따라 곤돌라를 타고 포코쿠란테 의원의 궁전에 도착했다. 잘 정돈된 정원은 아름다운 대리석 조각상들로 장식되어 있었고, 궁전 건물 역시 매우 멋졌다. 집주인은 예순 살의 매우 부유한 남자였다. 그는 호기심 많은 두 방문객을 매우 예의 바르게 맞았다. 그러나 그다지 특별히 반기는 것 같지는 않았다. 이러한 태도에 캉디드는 당황하였으나 마르틴은 전혀 기분 나빠 하지 않았다.

먼저 복장이 단정한 아름다운 젊은 처녀 두 명이 거품을 잘 낸 코코아를 대접하였다. 캉디드는 그들의 미모와 우아한 태도와 세련된 솜씨를 입에 침이 마르게 칭찬하였다. 그러자 포코쿠란테 의원이 말했다.

「네, 제법 괜찮은 애들이지요. 때로 내 잠자리 시중도 들어요. 이 도시의 귀부인들에게는 이제 싫증이 나서 말이지요. 귀부인들은 교태와 질투와 강짜와 변덕이 심한데다 유치하고 건방지고 어리석어요. 게다가 그녀들의 환심을 사려면 내가 직접 시를 짓거나 아니면 시인들에게 주문해서 지어다 바쳐야 해요. 이런 모든 것들에 진력이 났어요. 그렇지만 이 애들에게도 이제 슬슬 싫증이 나는군요.」

음료를 마신 후 긴 회랑을 둘러보던 캉디드는 그곳에 진열된 그림들의 아름다움에 놀랐다. 그는 그중 가장 뛰어난 두 작품을 그린 화가가 누구인지 물었다.

「그건 라파엘로의 작품이랍니다. 몇 년 전 나는 허영심 때문에 그걸 아주 비싼 값에 샀지요. 사람들 말로는 이탈리아에서 가장 아름다운 작품이라고 하더군요. 하지만 전혀 내 마음에 들지 않아요. 색조가 너무 어둡고 인물은 풍만하지 않고 또 뛰어나지도 않아요. 옷도 전혀 천 같아 보이지 않아요. 한마디로 말해 사람들이 뭐라고 하든지 간에 내 눈에는 결코 자연을 제대로 모방한 작품으로 보이지 않아요. 나는 진짜 자연 그 자체처럼 보이지 않으면 결코 좋아하지 않아요. 그런데 그런 작품은 세상에 존재하지 않더군요. 우리 집에는 그림이 많이 있지만 나는 더 이상 그것들을 쳐다보지 않습니다.」

점심 식사가 준비되는 동안 포코쿠란테는 악사들에게 음악을 연주시켰다. 캉디드는 지극히 감미로운 음악이라고 생각했다. 그러나 포코쿠란테는 여전히 시큰둥하였다.

「이 소음도 30분 정도는 그런대로 들을 만합니다. 하지만 그 이상은 모두를 피곤하게 합니다. 물론 아무도 그런 말을 하지 않지만 말이지요. 요즘 음악은 한낱 어려운 기교를 구사하는 기술에 불과합니다. 하지만 어렵기만 한 곡은 좀 듣다 보면 싫어지고 말아요. 오페라는 좀 낫죠. 하지만 요즘은 하도 이상하게 망쳐 놔서 역겹기 짝이 없어요. 물론 누구든 음악을 곁들인 시원찮은 비극을 보러 가겠다면 말리지는 않겠어요. 줄거리라고 해봐야 우스꽝스런 노래 두세 곡을 억지로 엮어 놓은 것에 불과해요. 또 그 노래라는 것도 여배우의 목청 과시용에 불과해요. 남자 배우도 마찬가집니다. 거세된 남자인 카스트라토가 카이사르나 카토 역할을 맡아 노래를 흥얼거리면서 어색하게 무대 위를 오가는 모습이 좋아 죽겠다면 얼마든지 실컷 열광하라지요. 오늘날 사람들은 오페라가 이탈리아의 자랑거리라고들 하지요. 또 그것 때문에 여러 군주들이 엄청나게 돈을 씁니다. 하지만 나는 아니에요. 이미 오래전에 나는 그런 시시한 것과는 완전히 결별했어요.」

캉디드는 포코쿠란테 의원의 말에 조심스럽게 반대 의견을 내놓았다. 그러나 마르틴은 의원과 전적으로 의견을 같이했다.

그들은 식탁에 앉았다. 훌륭한 식사가 끝나자 그들은 서재로 들어갔다. 캉디드는 멋진 장정을 한 호메로스의 저서를 보고 주인의 높은 취향을 찬양했다.

「이게 바로 독일 최고의 철학자 팡글로스 박사가 그렇게도 좋아하던 책입니다.」

그러자 포코쿠란테가 쌀쌀맞게 말했다.

「나는 그 책을 좋아하지 않습니다. 모두들 그 책이 재미있다고 해서 나도 예전에는 그런 줄 알았습니다. 하지만 실제로는 모든 것이 너무도 지루했습니다. 전투 장면은 다 비슷비슷하고 게다가 그런 장면이 끊임없이 반복됩니다. 여러 신들이 계속 개입을 하지만 실제로는 아무런 결정적 역할도 못하지요. 헬레네는 전쟁의 원인이기는 하지만 작품에는 거의 나타나지 않지요. 게다가 모두들 계속 트로이를 포위 공격하지만 함락시키지도 못하지요. 나는 학자들에게 그들도 나처럼 이 책이 지루했는지 물어보았습니다. 그랬더니 진실한 사람들은 모두 내게 솔직하게 대답하더군요. 너무 지겨워 책을 덮을 수밖에 없었지만, 그래도 고대의 걸작이니까 서재에는 꼭 갖춰 놓아야 한다고 말이지요. 내다 팔 수 없는 녹슨 메달처럼 말입니다.」

「각하께서는 베르길리우스[46]에 대해서는 그리 생각지

---

46 Publius Vergilius Maro(B.C. 70~B.C. 19). 로마의 시인. 대표작은 『전원시』, 『농경시』, 『아이네이스』이다. 그중 『아이네이스』는 로마의 건국 신화로 트로이 전쟁 이후부터 로마 건국까지의 이야기를 담고 있다. 기원전 12세기에 트로이가 그리스 연합군에 의해 멸망당한 후 미의 여신 아프로디테의 아들 아이네아스는 제2의 트로이를 건설하게 되

않으시지겠지요?」

캉디드가 물었다.

「물론 『아이네이스』의 제2, 4, 6권은 뛰어납니다. 그러나 독실한 주인공 아이네이스와 힘센 클로안투스, 충실한 친구 아카테스, 키 작은 아스카니우스, 어리석은 라티누스 왕, 속물인 아마타 왕후, 그리고 개성 없는 라비니아 공주와 같은 인물들은 정말이지 너무도 무미건조하고 불쾌합니다. 그보다는 타소[47]가 나아요. 심지어는 아리오스토[48]의 지루한 이야기도 그보다는 나을 겁니다.」

「의원님, 호라티우스[49]를 감명 깊게 읽으셨는지 여쭈어 봐도 되겠습니까?」

「그의 격언들은 꽤 괜찮아요. 사교계 인사가 참고할 만해요. 힘찬 시구로 압축되어 있어서 기억하기도 쉽고. 하지만 브룬두시움[50] 여행기나 형편없는 식사에 대한 묘사나 푸필루스인가 뭔가 하는 작자와 또 다른 한 작자

리라는 신탁을 받아 가족과 추종자들을 데리고 조국을 떠난다. 이들은 각지를 방랑한 끝에 이탈리아에 정착하여 로마의 기틀을 마련한다. 아이네이스는 항상 신들의 명령에 순종하였다. 이 때문에 그의 이름에는 〈독실한〉이라는 수식어가 붙는다.

47 Torquato Tasso(1544~1595). 이탈리아의 시인. 대표작으로 『해방된 예루살렘』이 있다.

48 Ludovico Ariosto(1474~1533). 이탈리아의 시인이자 희극 작가. 그의 『풍자시』는 호라티우스로부터 영감을 받은 것이다.

49 Quintus Horatius Flaccus(B.C. 65~B.C. 8). 로마의 시인. 『풍자시』, 『서한시』 등이 유명하다.

50 이탈리아의 남서부 지방으로, 현재는 브린디시 시이다.

사이에 오간 상스러운 말다툼은 시원찮더군요. 호라티우스의 표현대로 푸필루스의 말은 〈상스러운 독설로 가득 차〉 있고, 상대편의 말은 〈식초에 절인〉 것 같더구먼요. 게다가 늙은 여자들과 마녀들을 비난하는 저속한 시구들은 혐오스럽기 그지없고. 또 나는 그가 자기 친구인 마에케나스[51]에게 허장성세를 한 것도 잘한 짓이 아니라고 봅니다. 만일 그가 자신을 서정 시인의 반열에 올려 준다면 자신의 숭고한 이마가 하늘에 닿을 것이라고 했다지 않습니까. 어리석은 자들은 유명 작가들의 작품이라면 무엇이든지 높이 평가하죠. 하지만 내 독서는 나만을 위한 것이고 그래서 나는 내 취향에 맞는 것만 좋아합니다.」

절대로 자기 스스로 판단을 내려서는 안 된다고 배워 온 캉디드는 이 말을 듣고 매우 놀랐다. 그러나 마르틴은 포코쿠란테의 사고방식에 일리가 있다고 생각했다. 계속해서 서가를 살펴보던 캉디드가 탄성을 질렀다.

「아! 여기 키케로[52]의 책이 있네요. 이 위대한 인물의 작품은 암만 읽어도 안 질리시지요?」

「그 사람 책은 절대 안 읽어요. 그 사람이 라비리우스

---

51 Gais Cilinius Maecenas(B.C. 70?~B.C. 8). 로마의 명문가 출신으로 아우구스투스 황제의 고문이었다. 문예를 장려하고 예술가들을 후원하였고 그 후로 그의 이름은 문예 애호가의 동의어가 되었다.

52 Marcus Tullius Cicero(B.C. 106~B.C. 43). 로마의 정치가이자 웅변가. 웅변의 이론을 확립하였다.

나 클루엔티우스를 위해 변호한 것이 나하고 무슨 상관이 있어요? 내가 판결해야 할 소송만 해도 너무 많아요. 그 사람의 철학책에는 좀 관심을 가졌어요. 하지만 그가 모든 것에 대해 회의한다는 것을 안 뒤로 그것도 그만두었어요. 그것에 대해서는 나도 그 사람만큼은 알고 있거든요. 무지를 알기 위해서 다른 사람의 도움을 받을 필요는 없는 거니까.」

그때 마르틴이 소리쳤다.

「아! 여기 여든 권짜리 과학 아카데미 논문집이 있군요! 이 중에 뭔가 좋은 것이 있을지도 몰라요.」

그러자 포코쿠란테가 심드렁하게 말했다.

「전부 너절한 잡동사니들뿐입니다. 필자들 중에는 조그만 바늘 하나도 발명한 사람이 없어요. 논문들은 전부 허황된 이론들뿐이고 유용한 것은 하나도 없어요.」

「정말 희곡들이 많네요. 이탈리아어, 스페인어, 프랑스어……」

캉디드가 감탄하자 포코쿠란테가 말했다.

「네, 전부 3천 권입니다. 그런데 좋은 작품은 30편도 안 됩니다. 이 설교집들 좀 보세요. 이것들은 전부 합쳐 봐야 세네카[53]의 작품 한 쪽만도 못해요. 그리고 이 두꺼운 신학 책들 좀 보세요. 나는 물론이고 다른 사람들도

---

53 Lucius Annaeus Seneca(B.C. 4?~A.D. 65). 로마의 정치가이자 문필가며 철학자. 스토아 철학자로서 그의 철학은 매우 도덕적이었다.

결코 들춰 보지 않으리란 건 당신도 충분히 짐작하시겠지요.」

마르틴은 영국 책으로 가득 찬 서가를 발견하였다.

「공화주의자들은 이 작품들을 좋아할 것이라고 생각합니다. 매우 자유롭게 쓴 작품들이니까요.」

마르틴이 이렇게 말하자 포코쿠란테가 대답하였다.

「네, 자기 생각대로 글을 쓰는 것은 참 좋은 일이죠. 인간의 특권이니까요. 그런데 우리 이탈리아에서는 모두들 자기가 생각하지 않는 것만을 쓴답니다. 카이사르와 안토니우스의 나라 사람들이 도미니크 수도회의 허가 없이는 감히 어떤 독자적인 생각도 가질 수 없다니! 영국의 자유정신은 영국인들의 재능을 고취시켰어요. 하지만 당파심 때문에 그 귀한 자유정신이 가진 장점이 모두 없어져 버렸어요. 그러니 그것도 말짱 헛것입니다.」

밀턴의 작품을 발견한 캉디드는 이 작가야말로 위대한 인물이라고 생각하지 않느냐고 물었다. 그러자 포코쿠란테가 반문했다.

「누구라고요? 〈창세기〉 제1장에 관해 딱딱한 시구로 열 권이나 되는 해설을 쓴 그 야만인 말입니까? 그리스 시인들을 어색하게 흉내 내어 천지 창조의 내용을 왜곡시킨 그 작자 말입니까? 모세는 영원한 존재인 하느님이 말씀을 통해 세상을 창조하셨다고 했습니다. 그런데 그자는 메시아가 하늘의 창고에서 커다란 컴퍼스를 꺼

내 세상을 설계했다고 했어요. 게다가 타소의 지옥과 악마를 망치고 마왕 사탄을 두꺼비와 난쟁이로 변하게 한데다, 똑같은 말을 골백번 되풀이시키고 또 신학에 관한 논쟁을 벌이게 했어요. 그뿐입니까? 아리오스토의 희극적 발명품인 총포를 흉내 내어 악마들로 하여금 하늘에 대포를 쏘게 하였지요. 그런 작자를 칭송하란 말입니까? 나뿐만 아니라 이탈리아 사람이라면 어느 누구도 그런 괴상하고 음산한 짓거리를 좋아하지 않을 겁니다. 조금이라도 고상한 취향을 가진 사람이라면 거기 나오는 죄와 죽음의 결혼, 그리고 죄가 출산한 뱀 떼 같은 이야기에 대해 역겨워 마지않을 것입니다. 또 병원에 관한 긴 묘사는 무덤 파는 인부에게나 맞을 것입니다. 이 난삽하고 괴상하고 역겨운 시는 처음 출판되었을 때 경멸을 당했지요. 지금 나는 그것을 당시와 꼭 같이 대우해 주겠어요. 물론 나는 내가 생각한 바를 말할 뿐이고, 다른 사람들이 나같이 생각하건 말건 상관하지 않아요.」

캉디드는 이 말을 듣고 마음이 아팠다. 그는 호메로스를 존경했고, 밀턴을 어느 정도 좋아했기 때문이었다. 그는 조그만 목소리로 마르틴에게 말했다.

「이 사람은 우리네 독일 시인들도 무척 경멸하겠죠?」

「그렇다고 해도 별로 나쁠 것 없죠.」

마르틴이 말했다.

캉디드는 혼잣말로 감탄하였다.

「대단한 사람이야! 포코쿠란테는 대단한 천재야! 이 사람은 아무것도 마음에 차지 않아!」

이렇게 서가의 모든 책을 돌아보고 난 후에 그들은 정원으로 내려갔다. 캉디드는 그 아름다움에 찬사를 보냈다. 그러자 집주인이 말했다.

「이 세상에서 이보다 더 흉할 수가 없어요. 전부 조잡하고 저속한 것들뿐이지요. 그렇지만 내일부터 바로 좀더 고상한 설계에 따라 나무를 심도록 하겠어요.」

두 방문객은 의원 각하에게 하직 인사를 한 다음 궁전에서 나왔다.

「어때요? 이 사람이 바로 세상에서 제일 행복한 사람이지요? 자기가 소유한 모든 것들 위에 있는 사람이니까 말이죠.」

캉디드의 물음에 마르틴이 대답했다.

「자기가 소유한 모든 것에 진력나 있는데도 말입니까? 오래전에 플라톤은 음식물을 거부하는 위장은 좋은 위장이 아니라고 했어요.」

「그렇지만 모든 것을 비판하고 사람들이 아름답다고 생각하는 것에서 결함을 찾아내는 것도 즐거운 일이지 않겠어요?」

「다시 말하면 즐거움을 갖지 않는 즐거움도 있다는 말인가요?」

「아, 그렇다면 행복한 사람은 나밖에 없겠군요. 물론

퀴네공드 양을 다시 만난다면 말이지만.」

「희망이 있다는 것은 언제나 좋은 일이지요.」

그 후로 몇 날 몇 주가 흘렀다. 그러나 카캄보는 여전히 돌아오지 않았다. 캉디드는 자신의 고통에 너무 침잠해 있었기 때문에 파케트와 지로플레 수사가 감사 인사를 하러 오지 않았다는 사실조차 깨닫지 못하였다.

제26장
캉디드와 마르틴이 저녁 식사에서 만난 여섯 명의 외국인

어느 날 저녁 캉디드는 마르틴과 함께 식사를 하러 호텔 식당으로 갔다. 식탁에는 호텔에 투숙한 여섯 명의 외국인이 앉아 있었다. 그가 막 식탁에 앉으려는데 구릿빛 얼굴의 사내가 등 뒤로 다가와 그의 팔을 잡고 말했다.

「우리와 함께 떠날 준비를 하십시오. 꼭 그렇게 하셔야 합니다.」

뒤를 돌아보니 카캄보였다. 퀴네공드를 만나는 것 이외에는 캉디드에게 이보다 더 놀랍고 반가운 일이 없었다. 그는 기뻐서 미칠 지경이었다. 그는 사랑하는 친구를 얼싸안았다.

「퀴네공드 양도 여기 있겠지, 안 그런가? 어디 있나? 그녀에게 데려다 주게. 그녀 앞에서 기쁨에 넘쳐 죽게 해주게.」

「퀴네공드 양은 여기 안 계십니다. 콘스탄티노플에

계셔요.」

「아이고, 하느님! 콘스탄티노플이라니! 하지만 그녀가 중국에 있더라도 그곳으로 날아가겠어.」

「저녁 식사 후에 떠납시다. 지금은 더 이상 말씀드릴 수가 없어요. 저는 노예 신분이고 주인님께서 저를 기다리십니다. 식사 시중을 들어야 해요. 아무 말도 하지 말고 식사를 하세요. 언제라도 떠날 수 있도록 준비하고 계세요.」

캉디드의 가슴속에는 기쁨과 고통이 교차했다. 충실한 대리인인 카캄보를 다시 보게 되어 기뻤고 그가 노예인 데 놀랐으며, 애인을 만날 희망에 부풀었다. 캉디드는 가슴이 떨리고 머리가 혼란스러운 채로 마르틴과 함께 식탁에 앉았다. 마르틴은 이 모든 장면을 침착하게 지켜보았다. 식탁에 함께 앉아 있는 여섯 명의 외국인은 모두 베네치아의 카니발을 보러 온 사람들이었다.

카캄보는 이 외국인들 중 한 명에게 음료를 따라 주고 있다가 식사가 끝날 무렵이 되자 주인의 귀에 대고 말했다.

「폐하, 배가 준비되어 있으니 언제든지 바로 떠나실 수 있습니다.」

이 말을 마치고 그는 밖으로 나갔다. 식탁에 앉은 일동은 놀라서 아무 말도 하지 않고 서로 얼굴만 바라보았다. 그때 또 다른 하인이 주인에게 다가가 말했다.

「폐하, 마차가 파도바에 있고 배도 준비되어 있습니다.」

주인이 손짓을 하자 그 하인도 밖으로 나갔다.

모두 다시 한 번 서로 얼굴을 바라보았다. 일동의 놀라움은 더욱 커졌다. 세 번째 하인이 세 번째 외국인에게 다가가서 말했다.

「폐하, 여기 더 머무르시면 안 됩니다. 제가 곧 채비를 차리겠습니다.」

그러고 곧 밖으로 나갔다.

캉디드와 마르틴은 이들이 모두 카니발 행사의 하나인 가장행렬에 참가하는 것이라고 믿어 의심치 않았다. 네 번째 하인이 네 번째 주인에게 말했다.

「폐하, 언제든지 출발하셔도 됩니다.」

그도 다른 하인들처럼 밖으로 나갔다. 다섯 번째 하인 역시 다섯 번째 주인에게 같은 말을 하였다. 그러나 여섯 번째 하인이 캉디드 옆자리에 앉은 여섯 번째 주인에게 한 말은 달랐다.

「그런데 폐하, 이제 더 이상 폐하나 제게 외상을 주려고 하지 않습니다. 우리는 오늘 밤에 감옥에 갇힐지도 모릅니다. 저는 제 나름대로 살 길을 찾아보겠습니다. 그럼 안녕히!」

하인들이 모두 나간 다음 여섯 외국인과 캉디드와 마르틴은 깊은 침묵 속에 잠겨 있었다. 마침내 캉디드가 입을 열었다.

「여러분, 참 이상한 농담들을 하시는군요. 어째서 여러분 모두가 왕이란 말입니까? 물론 저나 마르틴은 왕이 아닙니다.」

카캄보의 주인이 매우 엄숙하게 입을 열고 이탈리아어로 말하였다.

「농담하는 것이 아닙니다. 나는 아흐메트 3세[54]입니다. 나는 수년간 터키 황제였지요. 나는 내 형으로부터 제위를 빼앗았고 내 조카에게 그것을 다시 빼앗겼지요. 그들은 내 대신들의 목을 잘랐고 나는 낡은 궁전에서 여생을 보내고 있지요. 내 조카인 마흐무드 황제는 때때로 내 건강을 위해 내게 여행을 허락해 줍니다. 베네치아에는 카니발을 보러 왔습니다.」

다음은 아흐메트 옆에 있던 젊은이의 차례였다.

「내 이름은 이반[55]이고 한때 러시아의 황제였지요. 내가 폐위된 것은 내가 아직 요람에 있을 때였어요. 내 아버지와 어머니는 감옥에 갇혔고, 나는 감옥에서 자랐어요. 나도 때때로 여행 허가를 받아 여행을 합니다. 물론 나를 감시하는 자들과 동행하지요. 베네치아에는 카니발을 보러 왔습니다.」

---

54 아흐메트 3세는 1703년 터키의 황제로 등극하여 1730년 근위병들에 의해 폐위되었으며, 1736년에 죽었다.
55 이반 6세는 두 살이 되던 1741년에 폐위되었으며, 1764년 예카테리나 여제의 지시에 의해 암살되었다.

세 번째 외국인이 말했다.

「나는 영국 왕 찰스 에드워드[56]입니다. 내 아버지는 나를 위해 왕위 계승권을 포기하셨습니다. 나는 그 권리를 지키기 위해 싸웠지요. 내 적들은 내 편의 신하 8백 명의 가슴을 가르고 심장을 도려내어 각자의 얼굴에 던졌습니다. 나는 감옥에 갇혔고요. 나는 나나 내 할아버지와 마찬가지로 폐위된 내 아버지를 방문하러 가는 길입니다. 베네치아에는 카니발을 보러 왔습니다.」

다음으로 네 번째 외국인이 말했다.

「나는 폴란드의 왕[57]입니다. 대대로 내려오던 나라를 전쟁으로 빼앗겼지요. 내 아버지도 똑같은 불행을 겪으셨습니다. 나 역시 아흐메트 술탄이나 이반 황제나 찰스 에드워드 왕과 마찬가지로 모든 것을 하느님께 맡기고 있습니다. 이분들 모두 만수무강하시기를 빕니다. 베네치아에는 카니발을 보러 왔습니다.」

---

56 찰스 에드워드(1720~1788)를 말한다. 제임스 3세의 아들이자 제임스 2세의 손자로 왕위에 올라 보지도 못했다. 1745년 그는 프랑스와 영국 간의 전쟁을 틈타 왕위 탈환을 시도했으나 성공하지 못했다. 볼테르는 그를 위해 〈선언문〉을 썼다. 1748년 루이 15세는 아헨 조약에 따라 그를 체포하였는데 볼테르는 이 처사에 대해 심히 분개하였다.

57 작센 선거후이자 폴란드 왕인 아우구스트 3세를 말한다. 1756년 프리드리히 2세에 의해 자신의 영지를 잃고 폴란드로 쫓겨 가서 왕으로 추대되었다. 그의 아버지는 폴란드의 아우구스트 2세로 그는 1703년 스웨덴의 칼 12세에 의해 폐위되었다가 폴타바 전투 후에 다시 왕이 되었다.

다섯 번째 외국인이 말했다.

「나도 역시 폴란드의 왕[58]입니다. 나는 내 왕국을 두 번이나 잃었습니다. 그러나 하느님은 내게 다른 나라를 주셨습니다. 거기서 나는 사르마트[59]의 왕들이 비스툴라 강 양안에서 행한 전부를 합친 것보다 좋은 일을 더 많이 하고 있습니다. 나도 역시 모든 것을 하느님께 맡기고 있습니다. 베네치아에는 카니발을 보러 왔습니다.」

이제는 여섯 번째 외국인이 말할 차례였다.

「여러분, 나는 여러분들처럼 그렇게 대단한 군주는 아닙니다. 그렇지만 나 역시 왕이기는 했었습니다. 나는 코르시카 왕 테오도르[60]입니다. 사람들이 나를 코르시카 왕으로 추대했지요. 그때는 나를 폐하라고 불렀는데 요즘은 겨우 〈선생〉이라고도 부를까 말까 합니다. 예전에는 내 얼굴을 새긴 화폐를 찍어 내었는데 요즘은 수중에 동전 한 닢도 없습니다. 예전에는 대신을 두 명이나

---

58 폴란드 왕 스타니수아프 레슈친스키를 말한다. 1704년 폴란드 왕으로 선출되었다가 1709년 왕위를 잃었다. 그의 딸 마리 레슈친스카는 1725년 프랑스 왕 루이 15세와 결혼하였다. 1733년 아우구스트 2세가 죽자 복위되었으나 결국 다시 프랑스로 돌아와야 했다. 1738년 빈 조약에 의해 로렌 공국의 대공이 되었다.

59 헤로도토스의 작품에 나오는 스키티아 왕국의 동편에 자리한 낙토이다.

60 테오도르 남작을 말한다. 코르시카인들이 제노바에 대항할 때 이들을 도왔다. 1736년 코르시카 왕으로 추대되었으나 몇 달이 못 되어 물러나야만 했다. 빚 때문에 영국에서 몇 년간 투옥되기도 하였다. 1756년 영국에서 죽었다.

두었는데 이제는 하인 한 명도 없습니다. 한때는 왕좌에 앉았는데 오랫동안 런던에 있으면서 감옥 바닥의 짚단 위에 앉아야 했습니다. 그런데 여기서도 같은 일을 당할까 겁나는군요. 물론 나도 여러분처럼 베네치아에는 카니발을 보러 왔지만 말입니다.」

 나머지 다섯 왕들은 그의 말을 주의 깊게 듣고 품위 있게 동정심을 표시하였다. 그들은 각자 금화 20세퀸씩 갹출하여 테오도르 왕에게 주었다. 그가 겉옷과 셔츠를 사 입을 수 있도록 하려는 것이었다. 캉디드는 그에게 2천 세퀸이나 나가는 다이아몬드 한 개를 선물하였다. 그러자 다섯 왕들이 말했다.

 「우리보다 1백 배나 많은 돈을 내놓을 능력이 있고, 또 실제로 내놓는 이 사람은 도대체 누구란 말인가?」

 그들이 막 식당에서 나오는 참에 또 다른 네 명의 군주들이 호텔에 도착했다. 그들 역시 전쟁으로 나라를 잃고, 카니발의 나머지 행사들을 보러 베네치아에 온 것이었다. 그러나 캉디드는 이 새로운 투숙객들을 쳐다보지도 않았다. 그에게는 사랑하는 퀴네공드를 만나러 콘스탄티노플에 가는 것 외에 다른 것에 신경 쓸 겨를이 없었기 때문이다.

제27장
캉디드의 콘스탄티노플 여행

충실한 카캄보는 터키인 선장과 협상하여 아흐메트 3세가 콘스탄티노플로 돌아갈 때 그 배에 캉디드와 마르틴도 동승할 수 있도록 주선해 놓았다. 그들은 먼저 불쌍한 황제에게 엎드려 절한 다음 배를 타러 갔다. 항구로 가는 동안 캉디드가 마르틴에게 말했다.

「폐위된 왕 여섯 명과 함께 저녁 식사를 하다니! 게다가 나는 그들 중 한 명에게 적선까지 베풀었고. 어쩌면 이 세상에는 그보다 더 불운한 왕들이 여러 명 존재할지도 몰라요. 그에 비하면 내가 잃은 것은 고작 양 1백 마리뿐이지 않아요? 게다가 나는 퀴네공드 양 품으로 달려가고 있는 중이고. 마르틴 씨, 다시 한 번 말하지만 팡글로스 선생님 말이 맞아요. 모든 게 최선이에요.」

「그렇다면 오죽이나 좋겠습니까.」

「그런데 베네치아에서 우리가 겪은 일은 정말 거짓말

같아요. 폐위된 왕 여섯 명이 같은 식당에서 함께 저녁 식사를 하는 장면은 아무도 본 적이 없고 또 그런 이야기는 들어 본 적도 없어요.」

「우리가 이제껏 겪은 사건들에 비하면 크게 놀랄 만한 사건도 아닙니다. 왕이 폐위되는 것은 흔한 일이고 우리가 그들과 함께 식사를 한 것은 사소한 일이라서 특별히 신경 쓸 게 못 됩니다.」

배에 오르자마자 캉디드는 자신의 옛 하인이자 친구인 카캄보를 얼싸안았다.

「그래, 퀴네공드 양은 어떻게 지내? 여전히 절세미인이겠지? 여전히 날 사랑하겠지? 무탈하겠지? 물론 콘스탄티노플에 궁전을 하나 사주었겠지?」

그러자 카캄보가 대답했다.

「주인님, 퀴네공드 양은 노예가 되어 프로폰티스[61] 해변에서 접시를 닦고 계시답니다. 사실 그 집에는 닦을 접시도 별로 없어요. 집주인은 라코치[62]라는 폐위된 왕인데 터키 황제로부터 하루에 3에퀴씩 생활비를 보조 받아서 살고 있어요. 하지만 더 슬픈 것은 그토록 아름답던 아가씨가 미모를 잃고 지독한 추녀가 되셨다는 겁니다.」

---

61 마르마라 해의 옛 이름으로 흑해와 에게 해 사이에 있다.
62 Ferenc Rákóczi II(1676~1735). 트란실바니아의 왕. 헝가리인들과 함께 오스트리아에 대항하여 싸웠으나 전쟁에서 패하였다. 터키로 피신하여 그곳에서 죽었다.

「아! 미우나 고우나 나는 그녀를 사랑해야 해. 나는 지조 있는 남자니까. 그런데 어떡하다 그런 비참한 지경에 빠지게 되었지? 자네가 가지고 있던 돈 5백만~6백만 냥은 다 어떻게 하고?」

「먼저 부에노스아이레스의 돈 페르난도 디바라 이 피게오라 이 마스카레네스 이 람푸르도스 이 수사 총독에게 2백만 냥을 주어야 하지 않았겠습니까? 퀴네공드 양을 빼내 올 허가를 받는 대가로 말이죠. 나머지는 해적이 몽땅 뺏어 가지 않았겠습니까? 그 해적이 우리를 데리고 마타판 곶을 지나 밀로스와 이카리아와 사모스 섬[63]과 페트라[64]를 거쳐, 다르다넬스 해협과 마르마라 해를 건너 스쿠타리[65]로 가지 않았겠습니까? 결국 퀴네공드 양과 노파는 제가 말한 그 집에서 일하게 되었고 저는 폐위된 술탄의 노예가 되었죠.」

「어찌하여 그런 끔찍한 재난들이 꼬리에 꼬리를 물고 들이닥친단 말인가! 그래도 내게는 아직 다이아몬드가 좀 남아 있으니 퀴네공드 양을 쉽게 구할 수 있을 거야. 추녀가 되었다니 유감이긴 하지만 말이야.」

이 말을 마친 캉디드는 마르틴에게 물어보았다.

---

63 모두 그리스의 지명이다.
64 홍해와 사해 사이의 고대 도시.
65 현재 알바니아의 슈코더르 시. 콘스탄티노플에서 매우 가까운 거리로, 당시에는 오스만 튀르크의 통치를 받았다.

「선생은 우리 중에서 누가 더 불행하다고 생각하세요? 아흐메트 3세요? 이반 6세요? 찰스 에드워드 왕이요? 아니면 나요?」

「제가 알 턱이 있습니까? 여러분 마음속에 들어가 본 것이 아닌 바에야 어찌 그 속을 알겠습니까?」

「아! 팡글로스 선생님이라면 분명히 알 거야. 선생님이 여기 있었다면 우리에게 알려 줄 수 있었을 텐데.」

「팡글로스가 사람들의 불행과 고통을 어떤 기준으로 재고 판단할 수 있을지 나로서는 모르겠군요. 하지만 나는 찰스 에드워드나 이반 황제나 아흐메트 황제보다 더 불행한 사람들이 수백만이나 있다는 것을 압니다.」

「글쎄요, 아마 그렇겠죠.」

캉디드는 고개를 끄덕였다.

그들은 며칠 만에 흑해로 통하는 해협에 도착했다. 캉디드는 먼저 비싼 값을 치르고 카캄보를 되샀다. 그러고는 한시도 지체하지 않고 곧바로 일행들과 함께 갤리선에 올랐다. 퀴네공드가 아무리 추녀가 되었다 하더라도 기필코 그녀를 다시 만나야 했고 그러기 위해서는 프로폰티스 해안으로 가야 했기 때문이다.

갤리선에서 노를 젓는 죄수들 중에는 노 젓는 솜씨가 무척 서투른 자 두 명이 있었다. 때문에 선장은 소 힘줄로 만든 채찍을 들어 그들의 벌거벗은 어깨를 사정없이 내리쳤다. 자연히 캉디드는 다른 죄수들보다 더 주의 깊게 그들을 바라보았고 측은한 마음에 그들에게 가까이 다가갔다. 그들의 얼굴은 비록 많이 상하기는 했지만 한 사람은 어딘가 팡글로스와 닮은 데가 있었고, 다른 한 사람은 퀴네공드의 오빠 즉 그 불운한 예수회 신부인 남작과 비슷하였다. 그는 가슴이 찡해져서 그들의 얼굴을 찬찬히 뜯어보며 카캄보에게 말했다.

「정말이지, 팡글로스 선생님이 교수형당하는 것을 못 보았거나 또 불행히도 내가 남작을 죽이지 않았더라면, 저기 노 젓는 사람들이 바로 그 사람들이라고 생각했을 거야.」

캉디드가 팡글로스와 남작이란 말을 하자 두 죄수는 외마디 소리를 지르고 노를 떨어뜨렸다. 곧바로 선장이 달려와 그들에게 소 힘줄 채찍을 휘갈겼다.

「그만 멈춰요, 멈춰!」

캉디드가 소리쳤다.

「선장님, 돈은 얼마든지 드릴 테니 그만 멈추세요.」

그러자 죄수 중 한 명이 말했다.

「아니, 캉디드잖아!」

다른 죄수도 외쳤다.

「아니, 캉디드잖아!」

「이제 꿈이냐 생시냐? 내가 시방 진짜로 갤리선을 타고 있는 것이냐? 저기 있는 사람이 내가 죽인 남작님 맞아? 교수형당한 팡글로스 선생님이 맞아?」

그러자 두 사람이 한꺼번에 말했다.

「그래, 맞아. 우리야, 우리라고.」

「아니, 저 사람이 그 위대한 철학자라고?」

마르틴이 말했다.

「여보시오, 선장님. 신성 로마 제국의 대귀족 집안의 툰더텐트론크 남작님과 독일의 가장 심오한 철학자 팡글로스 선생님의 몸값으로 얼마를 원하시오?」

캉디드가 이렇게 묻자 선장이 대답했다.

「빌어먹을 예수쟁이 같으니라고. 이 예수쟁이 죄수 놈들이 남작과 철학자라니 자기 나라에서는 분명 꽤 높은 신분이겠군. 그렇다면 최소한 5만 세퀸은 받아야지.」

「그렇게 하지요. 나를 콘스탄티노플로 데려다 주시오. 그러면 바로 돈을 드리겠소. 아니, 아니지. 그러지 말고 나를 퀴네공드 양 집으로 데려다 주시오.」

그러나 선장은 캉디드의 첫마디에 벌써 배를 콘스탄티노플로 돌리고 새가 바람을 가르는 것보다 더 빠른 속도로 도시를 향해 가도록 노 젓기를 독려하고 있었다.

캉디드는 수백 번이나 남작과 팡글로스를 얼싸안았다.

「남작님, 내가 분명히 찔렀는데 어떻게 죽지 않았어요? 팡글로스 선생님은 어떻게 교수형을 당하고도 이렇게 멀쩡히 살아 있어요? 어떻게 해서 두 분은 터키에서 갤리선 죄수가 되었어요?」

「그런데 내 사랑하는 누이가 이 나라에 있다는 게 정

말인가?」

남작이 이렇게 묻자 카캄보가 대답했다.

「네, 그렇습니다.」

「사랑하는 캉디드를 다시 보게 되다니!」

팡글로스가 외쳤다.

캉디드는 그들에게 마르틴과 카캄보를 소개했다. 그들은 모두 서로 껴안았고 모두가 한꺼번에 말했다. 갤리선은 나는 듯이 나아가 어느새 항구에 닿았다. 육지에 내리자 캉디드는 유대인 상인을 불러 다이아몬드를 팔았다. 유대인은 아브라함에 걸고 맹세한다면서 절대로 5만 세퀸 이상은 줄 수 없다고 하였다. 그래서 그는 10만 세퀸짜리 다이아몬드를 5만 세퀸에 팔고 말았다. 돈을 받자 그는 곧바로 남작과 팡글로스의 몸값을 치렀다. 팡글로스는 그를 해방시켜 준 캉디드의 발밑에 엎드려 울먹였다. 남작은 고개를 까딱하며 감사의 표시를 한 다음 최대한 빨리 돈을 갚겠다고 약속하였다.

「그런데 내 누이가 터키에 있다는 게 사실인가?」

「사실이고 말고요. 트란실바니아 왕 집에서 설거지를 하고 있으니까요.」

캉디드는 다시 유대인 두 명을 불러 다이아몬드를 팔았다. 그런 다음 일행은 모두 함께 다른 갤리선을 타고 퀴네공드를 구하러 출발했다.

제28장
캉디드와 퀴네공드와 팡글로스와 마르틴에게 일어난 일

캉디드가 남작에게 말했다.

「다시 한 번 사과드립니다. 신부님, 장검으로 신부님 몸을 꿰뚫은 것을 용서해 주세요.」

「그 얘기라면 더 이상 하지 말도록 하세. 나도 너무 심했으니까. 그런데 내가 어떻게 해서 갤리선을 타게 되었는지 그에 대해 자네가 궁금해하니까 차라리 그 얘기나 하세. 내 상처는 우리 예수회의 약사가 치료를 해줘서 나을 수 있었네. 그런데 얼마 후에 스페인 군대의 공격을 받고 포로가 되어 부에노스아이레스의 감옥에 갇히게 되었네. 내 누이가 그곳을 떠난 직후의 일이야. 나는 로마에 계신 총장 신부님께 보내 달라고 해서 그곳으로 갔지. 그랬더니 총장 신부님은 나를 주콘스탄티노플 프랑스 대사관 전속 사제로 임명하셨네. 근무를 시작한 지 일주일도 채 안 된 어느 날 저녁에 나는 터키 황궁의 시종무관을 만나게 되었네. 무척 잘생긴 젊은이였어. 날씨가 무척 더웠기 때문에 그 청년이 목욕을 하겠다더군. 그래서 나도 함께 목욕을 했지. 그런데 기독교인이 이슬람교도 청년과 함께 벌거벗고 있는 것은 중죄가 된다더군. 나는 그 사실을 몰랐으니 까닭도 모르고 당한 셈이지. 이슬람교식 재판에서 발바닥 백 대를 맞는 태형과 갤리선 복역을 선고 받았네. 그건 정말 부당하고 억울한 일이었어. 그런데 내 누이는 어째서 트란실바니아 군주의 집에서 부엌데기 노릇을 하고 있는가? 도대체 어쩌다 그렇게 되었는가?」

그러나 캉디드는 남작의 물음에 대답하는 대신 팡글로스에게 물었다.

「팡글로스 선생님, 내가 선생님을 다시 만나다니 이게 어찌 된 일이지요?」

그러자 팡글로스가 대답했다.

「물론 자네는 내가 교수형당하는 걸 보았지. 원래 나는 화형을 당하도록 되어 있었어. 그런데 나를 태워 죽이려고 할 때 비가 억수로 쏟아졌지. 그건 자네도 기억하겠지. 소나기가 하도 드세어서 불을 피울 수가 없었지. 그래서 할 수 없이 교수형을 집행했어. 내 시체는 어느 외과 의사에게 팔렸어. 그자는 시체를 집으로 가지고 가서 해부를 했어. 배를 배꼽부터 쇄골까지 십자형으로 갈랐지. 사실 내 교수형은 완전히 엉터리였어. 종교 재판의 사형 집행인은 차부제(次副祭)였는데 화형에는 이골이 나 있었지만 교수형은 매우 서툴렀어. 별로 경험이 없었으니까. 밧줄이 젖고 잘 미끄러지지 않아서 매듭이 단단하게 묶이지 않았어. 그 덕택에 나는 그때까지 살아 있었던 거야. 의사가 배를 칼로 째자 나는 큰 소리로 비명을 질렀어. 의사는 기절초풍하여 뒤로 나자빠졌어. 해부대 위에 악마가 누워 있다고 생각한 거지. 그래서 겁에 질려 황급히 달아나다가 계단에서 넘어지고 말았어. 옆방에 있던 의사의 아내가 시끄러운 소리를 듣고 나왔다가 나를 보았어. 개복을 한 채 해부대 위에 누워 있는 끔찍한 모습을 말이야. 부인은 자기 남편보다도 더 기겁을 하더니 혼비백산해서 도망쳤어. 그러다가 그만 자기 남편 위에 쓰러지고 말았지. 그렇지만 조금 후에는 그런 대로 정신을 차린 것 같았어. 의사 부인이 자기 남편에게 이렇게 말하는 소리가 들렸으니까.

〈여보, 어쩌자고 이단자를 해부하려고 했어요? 저런 사람들 몸에는 악마가 깃들어 있다는 것을 몰랐단 말이에요? 내가 얼른 신부님을 모셔 올게요. 악마 쫓는 의식을 해야겠어요.〉

이 말에 덜컥 겁이 난 나는 있는 힘을 다하여 소리쳤어.
〈제발 좀 살려 주시오!〉

마침내 외과 의사가 용기를 내어 내 배를 꿰매 주었어. 그의 아내도 나를 간호해 주었고. 그 덕에 2주일 만에 완쾌되었지. 의사는 내게 일자리도 구해 주었어. 베네치아로 가는 몰타 기사의 시종 자리였지. 하지만 내 주인은 급료를 지급할 능력이 없어서 나를 베네치아 상인에게 넘겼고, 나는 그를 따라 콘스탄티노플까지 오게 되었어.

어느 날 나는 우연히 이슬람교 모스크에 들어가게 되었어. 안에는 늙은 이슬람교 이맘 한 명과 젊은 여신도 한 명밖에 없더군. 기막히게 예쁜 그 여자는 기도를 하고 있었는데 가슴이 온통 드러난 옷을 입고 있었어. 양쪽 젖꼭지 사이에는 튤립과 장미와 아네모네와 미나리아재비와 히아신스와 앵초로 만든 부케가 꽂혀 있었는데 어느 사이 그것이 떨어졌지 뭐야. 나는 얼른 그것을 주워서 매우 정중하고 친절하게 다시 꽂아 주었지. 그런데 그게 시간이 너무 오래 걸리다 보니 그 이맘의 성질을 건드려 버린 거야. 그자는 내가 기독교인인 것을 알고는 큰 소리로 사람들을 불렀어. 나는 바로 재판관에게 끌려가서 발바닥 백 대와 갤리선 노동을 선고 받았어. 그런데 남작님과 같은 갤리선, 심지어는 같은 줄에 묶여서 노를 젓게 되었지. 그 갤리선에는 마르세유 출신 청년 네 명과 나폴리 출신 신부 다섯 명, 그리고 케르키라 섬의 수도사 두 명도 함께 있었는데 그들은 그런 정도는 다반사라고 말했어. 남작님은 자기가 나보다 더 억울하다고 하고, 나는 여자의 가슴에 부케를 달아 주는 것이 터키 황궁의 시종무관과 함께 벌거벗고 있는 것보다 훨씬 무해하다고 주장했어. 우리는 끊임없이 말다툼을 벌였고 그 때문에 매일 20대씩 소 힘줄 채찍으로 얻어맞았어. 그러던 중 이 우주의 여러 사건들의 연계에 의해 자네들이 우리 갤리선에 오게 된 것이야. 와서 우리를 해방시켜 주게 된 것이야.」

팡글로스가 이야기를 끝내자 캉디드가 물었다.

「팡글로스 선생님, 선생님은 교수형을 당하고 칼로 몸을 해부당하고 매타작을 당하고 갤리선에서 노까지 저으셨습니다. 그래도 아직까지 이 세상 모든 것이 최선이라고 생각하십니까?」

「내 생각은 항상 처음과 같아. 나는 철학자니까. 내가 한 말을 부인할 수야 없지. 라이프니츠는 결코 틀릴 수 없어. 예정 조화설[66]은 진공 충만설[67]과 미세 질료와 마찬가지로 이 세상에서 가장 훌륭한 이론이거든.」

---

66 라이프니츠의 유명한 이론.
67 데카르트의 이론. 공간은 미세 질료로 가득 차 있다고 봄으로써 진공의 존재를 부정하였다. 볼테르는 『뉴턴 철학 개요』에서 이 개념을 비판하였다.

제29장
캉디드는 퀴네공드와 노파를 어떻게 다시 만나게 되는가

캉디드와 남작과 팡글로스와 마르틴과 카캄보는 그들이 겪은 일들을 얘기했고, 이 세상의 우연적, 필연적 사건들에 대해 논하였으며, 원인과 결과, 도덕적 악과 자연 재해, 자유 의지와 필연성, 그리고 터키의 갤리선에서 죄수 생활을 할 때 얻을 수 있는 위안에 대해 갑론을박하였다. 그러는 사이 배는 이윽고 프로폰티스 해안의 트란실바니아 군주의 집에 도착하였다. 그들이 처음 본 광경은 퀴네공드와 노파가 빨랫줄에 수건을 널어 말리고 있는 모습이었다.

그것을 보고 남작은 얼굴이 창백해졌다. 그 아름답던 퀴네공드는 살색이 검게 타고 눈꺼풀이 뒤집히고 가슴이 축 늘어지고 볼이 푹 꺼지고 팔이 벌겋게 튼 추녀로 변해 있었다. 다정한 연인 캉디드는 아름다운 퀴네공드의 변한 모습을 보고 소름이 끼쳐 뒤로 세 발짝 물러섰

다가 곧 다시 예절 바르게 그녀 곁으로 다가갔다. 퀴네공드는 캉디드와 남작을 얼싸안았다. 그런 다음 모두 노파를 포옹하였다. 캉디드는 그녀들의 몸값을 치렀다.

그 부근에는 조그만 농가가 하나 있었다. 노파는 캉디드에게 그 집을 사라고 하였다. 모두가 보다 나은 길을 찾을 때까지 일단 그곳에 정착하자는 것이었다. 퀴네공드는 자신이 추녀가 되었다는 사실을 알지 못했다. 아무도 그녀에게 그 얘기를 하지 않았기 때문이었다. 그녀는 캉디드에게 그들이 예전에 서로에게 한 약속을 상기시켰는데 너무도 당연지사인 것처럼 얘기했기 때문에 캉디드는 차마 아니라고 말할 수가 없었다. 그래서 그는 남작에게 누이와 결혼하겠다고 말했다. 그러자 남작이 말했다.

「그건 절대로 용납할 수 없네. 내 누이가 그런 부끄러운 일을 하도록 또 자네가 그런 발칙한 짓을 하도록 내버려 둘 수 없네. 나는 그런 낙혼(落婚)을 절대로 승낙할 수 없네. 내 누이의 자식들이 독일 귀족 명부에 들 수 없다니. 안 돼. 내 누이는 무슨 일이 있어도 독일 남작과 결혼해야 해.」

퀴네공드는 그의 발밑에 무릎을 꿇고 눈물로 애걸하였다. 그러나 남작은 끄떡도 하지 않았다. 캉디드가 남작에게 말했다.

「이 미친 양반아, 나는 당신을 갤리선에서 구해 주고

몸값도 내주었어. 어디 그뿐인가? 당신 누이 몸값도 내주었어. 그리고 여기서 접시나 닦고 있던 추녀를 자비로운 마음에서 아내로 삼겠다고 했어. 그런데도 반대를 하다니! 내 분심(忿心)대로 하자면 당신을 도로 죽여 버리고 싶어.」

「죽일 테면 죽여 봐. 하지만 내가 살아 있는 한 내 누이와는 절대로 결혼할 수 없어.」

제30장
결말

사실 캉디드의 심중에는 퀴네공드와 결혼하고 싶은 마음이 조금도 없었다. 그러나 남작의 오만 방자한 태도에 밸이 꼴려 결혼을 강행할 결심을 하였다. 게다가 퀴네공드가 하도 조르는 바람에 이제 와서 도로 무를 수도 없었다. 그는 팡글로스와 마르틴, 그리고 충실한 카캄보와 의논하였다. 팡글로스는 이에 관해 멋진 논문을 썼다. 그에 의하면 남작은 자기 누이에 대해 어떤 권리도 없으며 따라서 그녀는 신성 로마 제국의 모든 법에 따라 캉디드와 결혼할 수 있었다. 물론 이 경우 결혼은 정식 결혼이 아니라 내연 관계에 불과하지만 말이다. 마르틴은 그냥 남작을 바다에 처넣어 버리라고 하였다. 카캄보는 남작을 터키인 선장에게 내주자고 하였다. 그의 갤리선에 태운 다음 가장 빠른 배편으로 로마에 있는 예수회 총장 신부에게 보내도록 하자는 것이었다. 모두들 이 의견에 찬성하였다. 노파도 동의하였다. 물론 퀴네공드에게는 비밀로 하였다. 거사는 돈 몇 푼을 치르는 것으로 간단히 끝났다. 이로써 그들은 예수회 신부를 속이고 독일 남작의 오만 방자함을 벌하는 일석이조의 기쁨을 맛보았다.

그 숱한 재난을 겪은 캉디드가 애인과 결혼하여 철학자 팡글로스와 철학자 마르틴과 신중한 카캄보와 노파와 함께 살게 되었으니, 게다가 옛 잉카의 나라에서 엄청나게 많은 다이아몬드까지 가지고 왔으니 이제 그는 얼마나 행복할까? 그가 이 세상에서 가장 행복한 삶을 누릴 것이라고 상상하는 것은 너무도 당연한 일이다. 그러나 현실은 그렇지 않았다. 유대인들에게 하도 사기를 당하는 바람에 그에게 남은 재산이라고는 달랑 작은 농가 한 채뿐이었다. 나날이 더 추해지는 그의 아내는 까다로운 밉상꾸러기가 되어 버렸다. 불구의 노파는 퀴네공드보다 더 심술 사나워졌다. 카캄보는 밭에서 하루 종일 일하고 콘스탄티노플에 가서 채소 장사까지 해야 하기 때문에 너무 고단하고 힘들었다. 그래서 날마다 자신의 운명을 저주하였다. 팡글로스는 독일의 대학에서 재능을 떨치지 못하는 것을 한탄하였다. 인간은 어디서나 불행할 수밖에 없다고 굳게 믿고 있는 마르틴만은 인내심을 갖고 모든 것을 감내하였다. 캉디드와 마르틴과 팡글로스는 때때로 형이상학과 도덕에 관해 논하였다. 종종 그들은 농가 창밖으로 림노스 섬이나 미틸레네, 에르제룸으로 귀양을 떠나는 고위 성직자, 고위 관료, 재판소장 등을 태운 배들이 지나가는 것을 보았다. 또한 그들이 떠난 자리를 채울 새로운 고위 성직자, 고위 관료, 재판소장 등을 태운 배가 들어오는 것도 보았다. 그러고 얼마 후에는 그들 역시 파직되어 귀양을 떠났다. 배에는 때로 잘 박제된 사람 머리도 실려 있었다. 그것은 콘스탄티노플에 있는 궁전 문에 본보기로 전시되었다.[68] 이런 광경을 보면 그들의 토론은 한층 더 가열되었다. 그러나 이런 논쟁이라도 하지 않으면 그들의 생활은 너무도 지루하여 심지어는 노파조차 이렇게 말할 정도였다.

「나는 두 가지 중에서 뭐가 더 불행한 건지 모르겠어요. 검둥이 해적에게 1백 번이나 겁탈을 당하고 한쪽 엉덩이를 잘리고, 불가리아 군인들에게 태형을 당하고 종교 재판에서 채찍질을 당하고, 교수형을 당하고 해부당하고 갤리선에서 노를 젓고, 한마디로 말해서 우리가 당한 모든 끔찍한 일들을 다 당하는 걸까요, 아니면 이렇게 여기서 아무것도 안 하고 빈둥거리는 걸까요?」

「그건 참 어려운 질문이군요.」

캉디드가 말했다.

---

68 만일 지방 수령이 역모를 도모하다 발각될 경우, 터키 술탄은 그의 머리를 수도로 가져오게 했다. 그 지방이 멀 경우에는 보존을 위해 뇌를 꺼내고 그 자리에 빵을 채워 넣었다.

이 질문으로 인해 새로운 토론이 시작되었다. 마르틴은 인간이란 원래 그런 것이라고, 걱정과 번민 속에서 허우적거리거나 그렇지 않으면 권태에 빠질 수밖에 없도록 생겨 먹었다고 한마디로 잘라 말했다. 캉디드의 생각은 달랐다. 그렇지만 잠자코 아무 말도 하지 않았다. 팡글로스는 자신의 삶이 끔찍한 고통으로 점철되어 있었다는 점을 인정했다. 그러나 기왕에 모든 것이 최선이라고 주장했으니까 그냥 그 주장을 고수하겠다고 말했다. 물론 지금은 그것을 전혀 믿지 않지만 말이다.

어느 날 또다시 새로운 사건이 발생했다. 이 사건 때문에 마르틴은 자신의 혐오스러운 원칙에 대해 더욱 확신을 갖게 되었고, 캉디드는 더욱 회의에 빠졌고, 팡글로스는 더욱 당황스러워졌다. 그 사건이란 바로 파케트와 지로플레 수사가 지독하게 비참한 모습으로 그들이 사는 농가에 찾아온 일이었다. 그들은 캉디드에게서 받은 3천 피아스터를 바로 탕진하고, 서로 헤어졌다가 다시 화해를 하였다가 또 서로 다투고는 감옥에 들어갔다가 도망쳐, 결국 지로플레 수사는 이슬람교도가 되었고 파케트는 여기저기 다니며 창녀 일을 계속하였다. 그렇지만 그녀는 이제는 그 짓을 해도 돈을 벌지 못하였다. 그들의 얘기를 듣고 마르틴이 캉디드에게 말했다.

「거 보세요. 내가 뭐라고 했어요? 두 사람 다 당신 돈을 금방 탕진해 버릴 것이고 예전보다 더 비참해질 거라고 했지요. 당신과 카캄보도 마찬가지예요. 수백만 피아스터나 되는 재물을 가지고 있었지만 지로플레 수사나 파케트와 마찬가지로 불행해요.」

팡글로스는 파케트를 보며 탄식했다.

「아! 아! 불쌍한 애야, 하느님이 결국 너를 우리에게 보내셨구나. 나는 너 때문에 코가 뭉개지고 한쪽 눈과 한쪽 귀를 잃었단다. 게다가 네 꼴은 또 그게 뭐냐! 도대체 이 세상은 어떻게 되어 먹은 건지!」

그들은 이 새로운 사건을 계기로 전보다 더욱 열띤 철학적 토론을 벌이게 되었다.

그런데 농가 근처에 터키에서 가장 훌륭한 철학자라는 명성이 자자한 이슬람교 수도자가 살고 있었다. 마침내 그들은 조언을 구하러 모두 함께 그 수도자의 집에 찾아갔다. 팡글로스가 먼저 나섰다.

「도사님, 도사님의 조언을 듣기 위해 왔습니다. 인간이라는 이상한 동물은 도대체 왜 이 세상에 생겨났을까요?」

「그걸 알아 뭘 하려고? 그게 당신과 무슨 상관이 있는데?」

이슬람교 수도자가 퉁명스럽게 대답했다.

「이 세상에는 너무도 많은 악이 있습니다.」

캉디드가 말했다.

「악이 있건 선이 있건 그게 뭐 대수인가? 황제 폐하께서 이집트로 배를 보낼 때 배 안에 사는 쥐의 안위를 신경 쓰신다던가?」

「그럼 어떻게 해야 하죠?」

팡글로스가 물었다.

「입 닥치고 가만히 있는 거지.」

「도사님과 함께 원인과 결과, 가능한 최선의 세상, 악의 근원, 영혼의 본질, 예정 조화 같은 것에 대해 좀 논의를 해보고 싶습니다만.」

팡글로스가 조심스럽게 운을 떼었다. 그러나 이슬람교 수도자는 대꾸도 하지 않고 그들 코앞에서 문을 탁 닫아 버렸다.

그들이 대화를 나누는 동안 흉흉한 소식이 전해졌다. 콘스탄티노플에서 고위 대신 두 명과 이슬람교 대사제가 교수형을 당했으며 또한 그들의 친지 여러 명이 말뚝에 박혀 죽었다는 것이었다. 이 참극 때문에 온 동네가 몇 시간 동안이나 시끌벅적하였다. 집으로 돌아오는 길에 팡글로스와 캉디드와 마르틴은 한 노인이 자기 집 앞의 오렌지나무 그늘에 앉아 더위를 식히고 있는 모습을 보았다. 공리공론을 좋아할 뿐만 아니라 호기심도 많은 팡글로스는 그에게 교수형을 당한 이슬람교 대사제의 이름이 무엇인지 물어보았다. 그러자 노인이 대답했다.

「모릅니다. 나는 원래 대사제나 대신 이름 같은 건 전혀 모릅니다. 당신이 말한 사건에 대해서 전혀 아는 바가 없습니다. 정치에 관여하는 사람들 중에는 비참한 말로를 맞는 사람이 많더군요. 사실 그래야 마땅하기도 하고요. 하지만 나는 콘스탄티노플에서 일어나는 일에 대해서는 오불관언(吾不關焉)입니다. 그냥 내가 농사지은 과일이나 내다 팔 뿐이지요.」

이 말을 마친 그는 그들을 집 안으로 초대했다. 그의 두 아들과 두 딸은 그들에게 직접 만든 여러 종류의 셔벗과 설탕에 절인 레몬 껍질을 넣은 카이막[69]과 오렌지와 레몬과 파인애플, 피스타치오, 그리고 바타비아나 서인도 제도산 저질 커피가 전혀 섞이지 않은 순수한 모카 커피를 내왔다. 그런 다음, 노인의 두 딸은 캉디드와 팡글로스와 마르틴의 수염에 분을 뿌려 주었다.

「노인장께서는 매우 넓고 비옥한 땅을 가지고 계시겠지요?」

캉디드가 이렇게 묻자 노인이 대답했다.

「아니요. 8헥타르밖에 안 됩니다. 내 자식들하고 함께 농사를 짓지요. 일은 권태, 방탕, 궁핍이라는 3대 악으로부터 우리를 지켜 줍니다.」

집으로 돌아오면서 캉디드는 노인의 말에 대해 곰곰이 생각하였다. 이윽고 그가 팡글로스와 마르틴에게 말하였다.

---

69 터키식 셔벗.

「우리가 함께 저녁 식사를 했던 여섯 명의 왕보다 저 노인 팔자가 훨씬 좋은 것 같아요.」

그러자 팡글로스가 말했다.

「철학자들의 모든 진술을 종합해 보건대 부귀영화란 매우 위험한 것이야. 모아브[70] 왕 에글론은 에홋에게 암살당했고, 압살롬[71]은 자신의 머리 머리카락이 나무에 매달린 채 세 개의 창에 찔려 죽었고, 여로보암 왕[72]의 아들 나답은 바아사에게 죽었고, 엘라 왕[73]은 지므리에게, 아하지야 왕[74]은 예후에게, 아달리야[75]는 여호야다에게 죽임을 당했지. 또 엘리아킴 왕[76]과 여호야긴 왕,[77] 마따니야 왕[78]은 노예가 되었어. 크로이소스 왕,[79] 아스

---

70 사해 동쪽에 있었던 옛 왕국.

71 구약 성서에 나오는 다윗의 셋째 아들. 누이 다말을 강간한 형 암논을 죽이고 아버지 다윗에 대항해 반란을 일으켰다가 패하여 죽었다.

72 북왕국 이스라엘 최초의 왕인 여로보암 1세를 말한다.

73 북왕국 이스라엘의 제4대 왕으로 바아사 왕의 아들.

74 남왕국 유다 여호람 왕의 아들. 왕위에 오른 지 겨우 1년 만에 시리아를 치다가 예후에게 치명상을 입고 므기또로 도망가 그곳에서 죽었다.

75 남왕국 유다 여호람 왕의 왕비. 북왕국 이스라엘 아합 왕의 딸이자 아하지야 왕의 어머니로, 아하지야가 죽은 후 그 후손들을 다 죽이고 스스로 왕위에 올라 7년간 지배했다. 유다 왕국의 유일한 여왕이었으나 제사장 여호야다에게 죽임당했다.

76 남왕국 유다의 제21대 왕. 이집트 파라오 느고가 세운 꼭두각시 왕이었다.

77 남왕국 유다의 제22대 왕.

78 남왕국 유다 최후의 왕. 왕위에 오른 후의 이름은 시드키야였다. 이상은 모두 구약 성서에 나오는 인물들이다.

티아게스 왕,[80] 다리우스 왕,[81] 시라쿠사의 디오니시우스 왕, 피로스 왕,[82] 페르세우스, 한니발, 유구르타 왕,[83] 아리오비스투스,[84] 카이사르, 폼페이우스, 네로, 오토,[85] 비텔리우스,[86] 도미티아누스,[87] 영국의 리처드 2세,[88] 에

---

79 리디아의 마지막 왕(재위 B.C. 560~B.C. 546). 이 세상 제일의 부자로 알려졌으나 페르시아와 전쟁에서 패해 나라가 멸망하였다.

80 메디아의 마지막 왕(재위 B.C. 585~B.C. 550).

81 페르시아의 왕(재위 B.C. 522~B.C. 486). 고대 페르시아 아케메네스 왕조의 위대한 왕으로 〈다리우스 대왕〉이라고 불렸으나 그리스와의 마라톤 전투에서 패하였다.

82 고대 그리스 에피루스의 왕(B.C. 319~B.C. 272). 마케도니아와 로마에 맞선 전투에서 승리를 거뒀지만 스파르타 공격에 실패하고 아르고스에서 전사하였다. 얻는 것보다 잃은 것이 큰, 의미 없는 승리를 말하는 〈피로스의 승리〉라는 말의 장본인이다.

83 누미디아의 왕(B.C. 160~B.C. 104). 전(全) 누미디아 독점 지배를 꾀하였으나 로마의 간섭을 받아 전쟁에서 패한 후 로마의 감옥에서 죽었다.

84 게르만족의 하나인 수에비족의 족장. 기원전 1세기에 알자스 지방까지 세력을 넓혔지만 카이사르에게 패하여 도망쳤다. 전투에서 도주하는 것을 전사의 수치로 여기는 게르만족의 풍습에 따라 교수형당한 것으로 짐작된다.

85 로마 제국의 제7대 황제(32~69). 네로에 이어 69년 1월에서 4월까지 재위하였다. 비텔리우스와의 싸움에서 패해 자살했다.

86 로마 제국의 제8대 황제(15~69). 오토에 이어 69년 4월에서 12월까지 재위하였다. 그러나 곧 로마는 베스파시아누스가 이끄는 도나우 군단이 장악하였고 결국 비텔리우스는 자신의 군대에 의해 살해당했다.

87 로마 제국의 제11대 황제(51~96). 근위 장관과 아내에 의해 살해당했다.

88 잉글랜드의 왕(재위 1377~1399). 플랜태저넷 왕조의 마지막 왕으로, 훗날 헨리 4세가 되는 랭커스터의 헨리가 거병하여 의회의 추대를 받고 왕위에 오르자 성에 유폐되었다가 그곳에서 죽었다.

드워드 2세,[89] 헨리 4세,[90] 리처드 3세,[91] 메리 스튜어트,[92] 프랑스의 세 명의 앙리 왕,[93] 하인리히 4세 황제[94] 등이 어떤 말로를 맞았는지는 두 분도 잘 아시겠지요? 그리고 또…….」

그때 캉디드가 팡글로스의 말허리를 자르며 끼어들었다.

「그리고 또 우리의 밭을 갈아야 한다는 것도 압니다.」

그러자 팡글로스가 말했다.

「자네 말이 맞아. 왜냐하면 태초에 인간이 에덴동산에

---

[89] 잉글랜드의 왕(재위 1307~1327). 왕비 이자벨라가 신하와 결탁하고 반란을 일으켜 그의 퇴위를 강요하였다. 폐위된 다음 투옥되었다가 결국 살해당했다.

[90] 잉글랜드의 왕(재위 1399~1413). 랭커스터 왕가 최초의 왕으로 리처드 2세 다음 왕이다. 말년에 아들인 헨리 5세와 사이가 나빠져 대립하던 중 사망하였다.

[91] 잉글랜드의 왕(재위 1438~1485). 요크 왕조의 마지막 왕으로, 조카인 에드워드 5세를 런던탑에 유폐시키고 왕위를 찬탈하였으나 랭커스터파인 리치먼드 백작 헨리 튜더와 싸우다 전사하였다.

[92] 스코틀랜드의 메리(1542~1587)를 말한다. 스코틀랜드의 여왕이자 프랑스의 왕비이다. 남편 프랑수아 2세가 죽은 후 스코틀랜드로 돌아가 재혼하고 아들을 낳았다(훗날 잉글랜드 왕 제임스 1세). 잉글랜드 여왕 엘리자베스 1세에 의해 반역죄로 몰려 참수형을 당하였다.

[93] 프랑스의 앙리 2세, 3세, 4세를 말한다. 앙리 2세는 기마 시합 중에 창에 찔려서, 앙리 3세는 수도사인 자크 클레망의 칼에 찔려서, 앙리 4세는 가톨릭 광신도인 라바이야크의 칼에 찔려서 생을 마감하였다.

[94] 신성 로마 제국의 황제(1050~1106). 〈카노사의 굴욕〉으로 유명한 황제로 아들 하인리히 5세의 강요에 의해 퇴위당했다. 이후 리에주로 도망가 하인리히 5세의 군대와 싸워 무찔렀으나 그곳에서 갑자기 죽었다.

태어난 것은 *ut operaretur eum*, 즉 일을 하기 위해서였으니까. 이것은 결국 인간은 놀기 위해서 태어나지 않았다는 사실을 입증하지.」

그러자 마르틴이 말했다.

「헛된 공리공론은 집어치우고 일이나 합시다. 그것이 삶을 견뎌 내는 유일한 방법입니다.」

집안의 모든 사람들은 즉각 이 장한 계획을 실천에 옮겨 각자의 재능을 발휘하기 시작했다. 그러자 그 작은 땅에서 많은 소출이 생겼다. 퀴네공드가 무척 추해진 것은 사실이었지만 그럼에도 불구하고 그녀는 빵과 케이크를 무척 잘 만들었다. 파케트는 수를 놓았고, 노파는 속옷과 침대 덮개를 만들고 세탁하였다. 지로플레 수사에게도 숨은 솜씨가 있었다. 그는 훌륭한 목수가 되었으며 품행까지도 방정해져서 어엿한 신사가 되었다. 팡글로스는 때때로 캉디드에게 이렇게 말하곤 했다.

「최선의 세계에서는 모든 사건들이 연계되어 있네. 만일 자네가 퀴네공드 양을 사랑한 죄로 엉덩이를 발길로 차이면서 성에서 쫓겨나지 않았더라면, 또 종교 재판을 받지 않았더라면, 또 걸어서 아메리카 대륙을 누비지 않았더라면, 또 남작을 칼로 찌르지 않았더라면, 또 엘도라도에서 가지고 온 양들을 모두 잃지 않았더라면 자네는 여기서 설탕에 절인 레몬과 피스타치오를 먹지 못했을 것 아닌가.」

 그럴 때마다 캉디드는 이렇게 대답했다.

 「지당하신 말씀입니다. 하지만 이제 우리는 우리의 밭을 갈아야 합니다.」

역자 해설
자유와 참여의 지식인 볼테르, 청춘을 되돌아보다

1. 볼테르의 생애와 작품

본명이 프랑수아마리 아루에François-Marie Arouet인 볼테르Voltaire(1694~1778)는 10세에 예수회에서 운영하는 루이 르 그랑 중학교Louis-le-Grand에 들어가 7년간 수학하였다. 1711년 부친의 뜻에 따라 법률 공부를 시작하였지만 곧 그만두고 사교계에 드나들며 시를 쓰기 시작했다. 1717년 섭정 오를레앙 공Duc d'Orléans에 대해 풍자시를 쓴 이유로 11개월 동안 바스티유 감옥에 투옥되었다. 석방된 후 그는 〈아루에 드 볼테르 Arouet de Voltaire〉란 필명으로 그의 첫 비극인「오이디푸스Œdipe」를 무대에 올렸는데, 이 작품이 대성공을 거둠으로써 섭정의 용서와 함께 연금까지 받게 되었다.

1726년 장차 볼테르의 삶과 사상에 큰 영향을 끼치는 사건이 발생하였다. 로앙샤보Rohan-Chabot라는 대귀족 가문의 기사가 볼테르와 말다툼을 벌인 뒤 하인을 시켜 볼테르를 구타하였다. 이에 볼테르는 결투를 신청하였으나 정부는 대귀족과의 말썽을 피하고자 도리어 피해자인 그를 바스티유에 투옥했다. 그러고 얼마 후 영국 망명을 조건으로 석방하였다. 볼테르는 이 사건을 통해 부당한 사법 권력의 폐해를 절감하였다. 훗날 그가 〈칼라스 사건〉, 〈시르벵 사건〉 등에 지대한 관심과 노력을 기울인 것도 이때의 개인적인 경험과 무관하지 않다.

3년간의 영국 체류는 그의 사상에도 커다란 영향을 미쳤다. 개인의 자유가 법으로 보장되는 영국의 정치 제도를 망명기에 체험함으로써 자유 민주주의에 대한 신념과 사상적 자유에 대한 갈망이 더욱 커졌다. 또한 그의 삶과 철학을 특징짓는 실용주의적 경향 역시 영국의 상업 발달을 보고 겪은 데서 기인한 바가 크다.

1729년 프랑스로 돌아온 볼테르는 영국 체류 경험을 바탕으로 『영국인들에 관한 편지 혹은 철학 서간 Lettres sur les Anglais ou Lettres philosophiques』(1734)을 발표하였다. 영국의 자유주의를 소개하는 동시에 프랑스를 비판하는 내용이 담긴 이 책은 사회에 큰 파장을 불러일으켰고, 곧 그에게 체포 영장이 발부되었다. 곤란에 처한 그는 파리에서 동쪽으로 약 250킬로미터 떨어진 샹파뉴 지방에 있는 샤틀레Châtelet 부인의 성으로 피신하였다. 그는 이후 약 10년간 이곳에서 은거하며 이슬람 국가의 군주인 오로스마네가 독실한 기독교인 자이르를 살해하는 내용의 비극 「자이르Zaïre」(1732)와 뉴턴 물리학의 설명서인 『뉴턴 철학 개요*Éléments de la philosophie de Newton*』(1737) 등을 저술했다.

1744년에 파리로 돌아온 볼테르는 1745년 왕실 사료 편찬관으로 임명되었고, 이듬해에는 아카데미 프랑세즈 Académie française의 회원으로 선출되었다. 그러나 풍자를 즐기는 자유분방한 성격은 프랑스 내에서 어느 정도 공식적으로 인정받기 시작한 그의 입지를 여전히 위태롭게 하였다. 1749년 그의 애인이자 친구인 샤틀레 부인이 출산 후유증으로 사망하자, 그는 프로이센의 프리드리히 2세Friedrich II의 초청을 받아들여 이듬해인 1750년 베를린으로 갔다. 프리드리히 2세는 그를 시종으로 임명하고 환대하였다. 볼테르는 이곳에서 역사서 『루이 14세의 세기*Le Siècle de Louis XIV*』(1751)와 콩트 『미크로메가*Micromégas*』(1752)를 썼다. 그러나 격식에 얽매이지 않는 자유로운 그의 품성은 애초에 절대 군주와 궁합이 맞지 않았다. 그는 결국 우여곡절 끝에 1753년 프로이센을 떠났지만 파리로 돌아갈 수는 없었기 때문에, 제네바 근처에 머물다가 1758년 프랑스와 스위스 국경 사이의 페르네에 영지를 사서 정착하였다. 이후 20년 동안 이곳에서 농사를 짓고 주민들을 돌보며 생활했다. 사람들은 이러한 볼테르를 〈페르네의 영주〉라고 불렀다.

60세가 넘은 나이와 정치적, 문화적 변방인 페르네라는 지리적 환경도 세상에 대한 그의 첨예한 관심을 무디게 만들지는 못했다. 1755년 리스본에서 지진이 일어나자 그는 「리스본의 재난에 대한 시Poème sur le désastre de Lisbonne」(1755)를 썼다. 또한 『캉디드 혹은 낙관주의Candide ou l'optimisme』(1759), 『풍습과 민족의 정신에 관한 논의Essai sur les mœurs et l'esprit des nations』(1756), 『관용론Traité sur la tolérance』(1763), 『휴대용 철학 사전Dictionnaire philosophique portatif』(1764)을 출판하는 등 활발한 저술 활동을 펼쳤다. 뿐만 아니라 프로테스탄트에 대한 편견 때문에 부당하게 사형당한 장 칼라스Jean Calas를 위해 사법 체계 전체와 외로운 싸움을 벌여 1765년 드디어 장 칼라스의 복권을 받아 냈고, 이어 1771년에는 또 한 명의 프로테스탄트인 피에르폴 시르벵Pierre-Paul Sirven이 무죄 판결을 받는 데 결정적인 역할을 하였다. 이런 그의 면모는 현대 〈참여 지식인〉의 선구라 할 수 있다.

1778년 2월 10일, 볼테르는 파리를 떠난 지 약 28년 만에 비극 「이렌Irène」의 상연을 위해 파리로 돌아왔다. 파리의 모든 시민이 그를 열렬히 환영하였고, 그를 위한 행사가 끝없이 이어졌으며, 거리에서는 모두가 그를 알아보고 인사했고, 그의 집에는 방문객이 줄을 이었다. 그의 마지막 비극 작품인 「이렌」은 코메디 프랑세즈 극장에서 엄청난 성공을 거두었다. 그러나 그는 이러한 흥분과 무리한 활동으로 인해 병석에 눕게 되었고, 1778년 5월 30일 영원한 행동가 볼테르는 이루지 못한 많은 계획들을 남기고 눈을 감았다.

2. 『캉디드 혹은 낙관주의』에 대하여

볼테르는 다재다능한 작가로 이름이 높다. 그는 루소, 디드로, 몽테스키외와 더불어 계몽주의의 대표적인 철학자일 뿐만 아니라 시인, 극작가, 비평가, 역사가로서도 문명을 떨쳤다. 그러나 오늘날의 볼테르는 주로 그가 〈철학적 콩트〉라고 이름 붙인 소설들의 작가로 기억된다. 〈철학적 콩트〉는 볼테르가 자신의 철학적 사유를 대중에게 널리 전파할 목적에서 창안해 낸 새로운 문학 형식으로 일종의 우화적 소설이다. 볼테르는 비교적 늦은 50대에 콩트를 쓰기 시작해, 〈애꾸눈 도둑 Le Crocheteur borgne〉처럼 10쪽 내외의 짧은 콩트부터 『자디그 Zadig』(1747), 『미크로메가스』 등의 비교적 긴 콩트에 이르기까지 총 26편의 〈철학적 콩트〉를 썼다. 이 중에서도 특히 그의 대표작으로 평가 받는 것이 바로 『캉디드 혹은 낙관주의』이다.

1759년에 발표된 『캉디드 혹은 낙관주의』는 보다 원숙한 볼테르의 철학 사상이 드러나는 작품이다. 제목에서 감지할 수 있듯이 이 콩트는 캉디드라는 순진하고 단순한 청년의 인생 유전을 통하여 당시 유행하던 라이프니츠Leibniz 유의 낙관주의, 즉 현 세계가 최선의 세계라는 주장을 공박한다.

주인공 캉디드는 부모가 없는 고아로 독일 베스트팔렌의 한 성에서 성장하였다. 그는 영주인 남작의 자식들과 함께 팡글로스라는 가정 교사의 가르침을 받았다. 이 철학자는 라이프니츠의 낙관주의를 신봉하는 인물로서 〈이 세계는 가능한 모든 세계 중에서 최선의 세계〉라는 확신에 차 있었다. 따라서 그의 가르침을 신탁처럼 맹목적으로 받아들인 캉디드는 세상의 선에 대한 순진한 믿음을 가지고 있었다.

그러나 이러한 믿음은 캉디드가 에덴동산과도 같은 툰더텐트론크 성에서 쫓겨나는 순간부터 흔들리기 시작한다. 캉디드의 〈낙원 추방〉 원인은 영주의 딸 퀴네공드에 대한 그의 사랑이다. 남작에 의하면 그것은 있을 수 없는 일이었다. 그의 집안은 〈72대 조상에 빛나는〉 뿌리 깊은 가문이었기 때문에 사생아인 캉디드가 퀴네공드와 결혼한다는 것은 언어도단이었다. 볼테르는 이 일화를 신분에 대한 편견을 비판하는 계기로 삼았다. 그는 다짜

고짜 〈캉디드의 엉덩이를 발길로 차서〉 내쫓는 남작과 남작이 죽은 후 그의 작위를 이어받은 아들의 편협한 행동을 희화화함으로써 해학을 통해 신분 문제에 접근하였다.

이후 캉디드는 전 세계를 돌아다니며 수많은 재난을 겪고 여러 가지 부조리를 경험한다. 먼저 제2장과 제3장에 묘사된 군대의 부조리와 전쟁의 참상은 주로 오스트리아 왕위 계승 전쟁(1740~1748)과 7년 전쟁(1756~1763)의 경험에 의거한다. 그러나 콩트 속에 나오는 군대는 이 전쟁의 당사자였던 오스트리아나 프랑스 혹은 프로이센이나 영국이 아니라 이미 9세기에 모든 힘을 잃은 아바르족과 불가리아의 군대이다. 이처럼 천 년에 가까운 세월을 넘나들며 시대를 뒤섞은 것은 다분히 의도적인 것으로, 볼테르는 이 일화를 통해 18세기라는 시간적 제약에서 벗어나 전쟁에 대한 시각을 보편적 비판으로 확장하였다.

제5장과 제6장의 리스본 대지진과 종교 재판에 대한 묘사는 종교에 대한 공격이다. 볼테르는 평생 동안 종교적 편협성과 광신에 맞서 투쟁하였다. 이런 종교 문제는 『캉디드 혹은 낙관주의』의 가장 중요한 주제이다. 실제로 『캉디드 혹은 낙관주의』에 나오는 성직자들은 전혀 성스럽지 않다. 먼저 가톨릭 고위 사제인 종교 재판소장은 퀴네공드를 정부로 삼기 위해서 유대인을 윽박지르고, 그

녀에게 잘 보이기 위해 화형식을 거행한다. 교황 우르바누스 10세는 팔레스트리나 공주와 관계하여 딸까지 두었고, 부모에 의해 억지로 수도원에 들어간 지로플레 수사는 창녀를 사는 것으로 강요된 수사 생활의 괴로움을 견뎌 나간다. 캉디드가 바다호스에서 만난 프란체스코회 수도사는 퀴네공드의 보석과 돈을 훔치고, 파라과이의 예수회 신부들은 본국에 반란을 일으켜 스페인 군대와 싸우는 와중에도 자기들만 호의호식하며 스페인에 맞서 함께 싸우는 원주민들의 비참한 생활을 외면한다.

캉디드는 전쟁과 종교 재판에서 구사일생으로 목숨을 건지고 애인인 퀴네공드와 재회하지만, 그녀의 애인들을 죽이는 바람에 다시 쫓기는 몸이 되어 신세계인 남아메리카로 도망간다. 그러나 신세계에서도 신분과 종교의 편견과 폐해는 여전하였다. 식민지 관리들의 만행은 본국 관리들보다 결코 덜하지 않았다. 게다가 유럽에 없는 노예 제도까지 있었다. 결국 캉디드는 신세계에 실망하고 다시 유럽으로 돌아온다.

이처럼 유럽 전역과 남아메리카를 거쳐 다시 유럽으로 돌아오는 캉디드의 여정은 우연한 상황의 소산일 뿐 본인의 의지와는 무관해 보인다. 그러나 캉디드의 지리적 이동은 사실 작가에 의해 치밀하게 계산된 부분이다. 주인공이 가는 모든 곳은 당시 유럽인들의 관심이 모아졌던 주요 사건의 현장으로, 그곳에서 캉디드는 여러 사건들을 직접 경험하게 된다. 그리고 이를 통해 볼테르는 당대의 문제를 비판하고, 그 부조리를 공격할 기회를 얻는다.

프랑스의 저명한 18세기 전문가인 르네 포모René Pomeau는 『캉디드 혹은 낙관주의』를 일컬어 〈볼테르의 『고백록』〉이라고 하였다. 이처럼 포모는 『캉디드 혹은 낙관주의』를 루소의 자서전과 동격화함으로써 이 작품이 볼테르의 개인적 체험의 고백인 동시에 높은 미학적 가치를 가진 문학 작품임을 강조한다. 실제로 〈이 세계가 최선의 세계〉라고 굳게 믿는 순진한 청년 캉디드는 어떤 의미에서 젊은 시절 볼테르의 자화상이기도 하다. 그의 비교적 초기 작품인 『영국인에게 보내는 편지 혹은 철학 서간』에서 보이는 세상은 매우 낙관적이다. 물론 그는 악의 존재를 인정한다. 그러나 그것을 통해 더욱 큰 선에 도달할 수 있다고 믿는 점에서 그의 세계관은 캉디드의 스승 팡글로스의 세계관과 닮아 있다. 뿐만 아니라 캉디드가 경험하는 여러 사건 속에는 볼테르의 개인적인 체험이 녹아 있다.

예를 들어 제22장에서 언급된 배우의 매장 문제는 그가 친하게 지냈던 여배우 아드리엔 르쿠브뢰르Adrienne Lecouvreur의 죽음과 관련되어 있다. 아드리엔 역시 모님 양과 마찬가지로 고결한 품성이었지만 배우라는 직업 때문에 교회의 매장 허가를 얻지 못하였다. 길모퉁이에 외따로 묻힐 수밖에 없었던 모님 양에 대한 마르틴의 연민에는 아드리엔 때문에 가슴 아팠던 볼테르 자신의 감정이 반영되어 있다.

제23장에 묘사된 영국 제독의 처형 장면은 1757년 3월 영국의 빙 제독Admiral Byng 처형이 직접적인 계기를 제공하였다. 볼테르는 빙 제독의 구명을 위하여 많은 노력을 기울였지만 결국 실패하였다.

제30장의 결론인 〈우리는 우리의 밭을 가꾸어야 한다〉라는 명제 역시 만년의 볼테르가 페르네에 영지를 마련하여 농사를 짓고, 주민들의 복리 증진을 위해 노력했던 경험의 소산이다. 이외에도 예수회에 대한 묘사와 신분에 대한 편견을 비롯한 여러 상황과 사건은 모두 볼테르의 개인적 경험에 기반을 두고 있으며, 이것은 『캉디드 혹은 낙관주의』의 여러 일화에 구체적인 현실감을 부여한다.

『캉디드 혹은 낙관주의』가 오늘날 18세기를 대표하는 걸작의 하나로 평가되는 데에는 이 작품이 가진 구체적 진실과 함께 미학적 가치를 빼놓을 수 없다. 물론 〈철학적 콩트〉라는 형식은 독자에게 강력한 사회 비판의 무기를 제공한다. 그러나 이것이 단순한 사회 비판서가 아닌 탁월한 문학 작품으로 인정받는 까닭은 그 비판이 일종의 〈교양 소설Bildungsroman〉의 형식으로 제시된다는 점이다. 실제로 『캉디드 혹은 낙관주의』가 제시하는 사회의 부조리는 낙관적 세계관을 가진 순진한 청년의 눈을 통해 독자에게 전달되며, 그 공격이 우회적인 까닭에 더욱 설득력이 있다. 요컨대 볼테르는 어린아이 같은 캉디드의 어깨 너머로 독자에게 의미심장한 미소를 보내며 우리 스스로 사건의 진상을 재구성하라고 요구하는 것이다. 이와 같은 아이러니는 『캉디드 혹은 낙관주의』의 전투적인 성격을 누그러뜨리는 동시에 독자에게 특별한 묘미를 제공한다. 그러므로 볼테르 특유의 아이러니에 대한 이해는 이 작품에서 독서의 요체가 된다. 그것은 메시지의 파악이란 문구 해석의 차원을 넘어 볼테르의 산문에 대한 음미라는 미학적 차원의 독서를 가능케 하며, 이러한 미학적 독서 속에 『캉디드 혹은 낙관주의』의 특수한 매력이 있다.

3. 판본에 대하여

『캉디드 혹은 낙관주의』는 1979년 프랑스의 갈리마르 Gallimard 출판사에서 플레이아드 총서 Bibliothèque de la Pléiade로 발간한 볼테르의 『소설과 콩트 *Romans et contes*』(Paris, Gallimard, 1979)』를 원본으로 하여 번역되었다. 1759년 제네바의 크라메르 Cramer 출판사에서 이 콩트의 초판을 출판하였고, 1761년 같은 출판사에서 개정판을 내놓았다. 갈리마르 판은 바로 이 개정판을 기초로 하여 출간한 것이다. 갈리마르 판의 편집자들에 의하면 〈1761년 개정판〉은 볼테르가 직접 교정한 것이 확실한 최후의 판본이다. 물론 볼테르가 살아 있던 1775년 크라메르 출판사에서 〈볼테르 전집Oeuvres complètes〉을 출판하였지만, 『캉디드 혹은 낙관주의』의 경우에는 그 내용이 1761년 판과 대동소이하며 차이가 있는 부분 역시 볼테르에 의한 교정이라는 확증이 없다. 플레이아드 총서는 프랑스 문학에 있어 가장 권위 있는 판본으로 간주되는 까닭에 우리는 이 총서 편집자들의 의견을 그대로 받아들였다. 갈리마르 판은 2001년 프레드릭 들로프르Frédéric Deloffre에 의해 일부 수정되었으나 『캉디드 혹은 낙관주의』만은 그 내용이 1979년 판과 동일하다.

  볼테르의 원본에는 각주가 전혀 없다. 그러므로 한국어판의 각주는 모두 옮긴이주이다.

이봉지

볼테르 연보

1694년 출생 11월 21일 프랑스 파리에서 공증인 프랑수아 아루에 François Arouet와 마리 마르그리트 도마르Marie Marguerite d'Aumart의 넷째 아이로 태어남. 본명은 프랑수아 마리 아루에 François-Marie Arouet. 볼테르Voltaire는 자신의 진짜 생일이 2월 20일이라고 주장함. 아루에 집안은 원래 푸아투 지방에 거주하였으나 유복한 상인이었던 할아버지 대에 파리로 이주. 큰형 아르망 Armand은 원래 쌍둥이로 태어났으나 다른 한 명이 어릴 때 죽음. 누나 마르그리트 카트린Marguerite Catherine은 미뇨Mignot와 결혼함. 그 아래로 형이 하나 더 있었으나 어린 나이에 죽음.

1701년 7세 어머니 마리 마르그리트 사망.

1704년 10세 예수회에서 운영하는 루이르그랑Louis-le-Grand 중학교 입학.

1710년 16세 볼테르의 첫 작품 「성녀 주느비에크에 관한 R. P. 르제의 서정시 모방Imitation de l'ode du R. P. Lejay sur Sainte Geneviève」 발표.

1711년 17세 8월 루이르그랑 중학교를 졸업함. 법률 공부 시작.

1713년 ¹⁹세　9월 네덜란드 주재 프랑스 대사 샤토뇌프Châteauneuf 후작의 비서로 헤이그에 부임됨. 팽페트Pimpette라는 여성에게 반해 물의를 일으키고 파리로 송환됨.

1714년 ²⁰세　법률 사무소에 들어감.

1715년 ²¹세　9월 1일 루이 14세 서거. 희곡 「오이디푸스Œdipe」와 장시 「라 앙리아드La Henriade」 집필 시작.

1716년 ²²세　5월 섭정 오를레앙 공Duc d'Orléans에 대해 쓴 풍자시가 문제를 일으켜 친구인 쉴리Sully 공작의 성으로 피신함.

1717년 ²³세　5월 오를레앙 공에 대한 새로운 풍자시 「나는 보았네J'ai vu」로 인하여 11개월간 바스티유 감옥에 투옥됨.

1718년 ²⁴세　11월 비극 「오이디푸스」를 상연하여 대성공을 거둠. 오를레앙 공이 축하하자 볼테르는 〈제 거처에 대해 더 이상 신경 쓰지 말아 주시기를 각하께 간청합니다〉라는 말로 응수. 필명 〈볼테르〉를 사용.

1722년 ²⁸세　1월 아버지 프랑수아 아루에 사망. 「우라니아에게 보내는 편지Épître à Uranie」 집필.

1723년 ²⁹세　3월 「가톨릭 동맹에 관한 시Poème de la Ligue」 발표. 11월 천연두에 걸림.

1726년 ³²세　1월 로앙 샤보Rohan-Chabot 기사와 다툼. 친구 쉴리 공작의 저택 문 앞에서 로앙 샤보 기사의 하인들에게 구타당함. 4월 로앙 샤보 기사에게 결투를 신청하나 도리어 바스티유 감옥에 투옥됨. 5월 영국 망명을 조건으로 석방되어 영국으로 출국함. 9월 누이 미뇨 부인 사망. 퀘이커파 영국인 교사에게 영어를 배움.

1727년 ³³세　1월 영국 왕 조지 1세George I 알현.

1728년 34세 『라 앙리아드』 출간. 영국 왕비에게 헌정함. 10월 프랑스 귀국.

1730년 36세 5월 여배우 아드리엔 르쿠브뢰르 Adrienne Lecouvreur의 임종에 입회. 배우에게 교회식 장례를 치러 주지 않는 관례에 따라 그녀는 교회 묘지에 매장되지 못함. 11월 비극 「브루투스Brutus」 상연. 대성공을 거둠.

1731년 37세 스웨덴 국왕 카를 12세의 전기 『카를 12세의 역사 Histoire de Charles XII』 출간.

1732년 38세 3월 「햄릿Hamlet」의 모작인 「에리필Ériphyle」 초연. 8월 비극 「자이르Zaïre」 상연. 대성공을 거둠.

1733년 39세 1월 코르네유Corneille, 라신Racine을 비롯한 17세기 거장들을 비판한 장시 「취향의 사원Le Temple du Goût」 출간. 문예계 인사들의 격렬한 항의를 받음. 6월 샤틀레Châtelet 부인과 연인 관계가 됨.

1734년 40세 1월 희극 「아델라이드 뒤 게클랭Adélaïde du Guesclin」 상연. 4월 『영국인들에 관한 편지 혹은 철학 서간Lettres sur les Anglais ou Lettres philosophiques』 출간. 5월 볼테르에게 체포 영장이 발부됨. 7월 로렌으로 피신하였다가 샹파뉴 지방 시레에 있는 샤틀레 부인의 성에서 은둔 생활 시작. 10월 샤틀레 부인도 시레로 낙향하여 볼테르와 함께 거주.

1735년 41세 3월 파리 귀환 허가. 8월 비극 「카이사르의 죽음La Mort de César」 상연.

1736년 42세 1월 스페인에 정복될 당시의 페루 리마를 무대로 한 비극 「알지르 혹은 아메리카인들Alzire ou les Américains」 초연. 샤틀레 부인은 뉴턴의 저서와 맨더빌Mandeville의 『꿀벌들의 우화The Fable of the Bees』를 번역하고자 영어를 배움. 8월 프로이센의 프리드리히Friedrich 왕세자에게서 편지를 받음. 12월 쾌락주의를 대담하게 설파한 그의 시「르 몽댕Le Mondain」이 세간에 유포되어 시레의 성도 위험해짐. 네덜란드로 피신.

1737년 43세 1~2월 암스테르담과 리드에 체류.『뉴턴 철학 개요*Éléments de la philosophie de Newton*』출간.

1738년 44세 4월 질녀 마리루이즈 미뇨Marie-Louise Mignot가 남편 드니Denis와 함께 시레를 방문. 5월 과학 아카데미 Académie des Sciences의 불에 관한 현상 논문 공모에 볼테르와 샤틀레 부인이 각자 응모하였으나 둘 다 낙선.

1739년 45세 5월 볼테르와 샤틀레 부인이 벨기에로 향발. 이후 벨기에, 시레, 파리 사이를 자주 내왕.

1740년 46세 9월 클레브 근처에서 프로이센의 프리드리히 2세 Friedrich II를 처음 만남. 11월 베를린에 체류함. 12월 오스트리아 왕위 계승 전쟁 발발.

1741년 47세 4월 릴에서 이슬람교의 창시자 마호메트Mahomet를 사기꾼으로 묘사한 연극「마호메트 혹은 광신Mahomet ou le Fanstisme」초연. 대성공을 거둠. 파리 귀환.

1742년 48세 8월「마호메트 혹은 광신」파리 초연. 대성공을 거둠. 그러나 신앙인들의 반발로 공연은 3회에 그침. 9월 프랑스와 프로이센의 연합 전선을 구축할 사명을 띠고 아헨으로 감.

1743년 49세 2월 비극「메로페Mérope」(또는「프랑스의 메로페 La Mérope française) 초연. 3월 아카데미 프랑세즈Académie française의 회원 선거에서 낙선. 10~11월 외교적 임무를 띠고 베를린으로 파견됨. 프리드리히 2세가 볼테르에게 프로이센 거주를 권함. 이에 샤틀레 부인은 볼테르를 잃을까 염려함.

1744년 50세 11월 루이르그랑 중학교의 동창 다르장송d'Argenson

후작이 프랑스 외무 장관으로 취임함.

1745년 ⁵¹세　2월 왕세자 결혼식을 기념해 「나바라의 왕비La Princesse de Navarre」를 베르사유 궁정 극장에서 초연. 3월 왕실 사료 편찬관으로 임명됨. 5월 프랑스군의 퐁트누아 전투 승리를 기념해 「퐁트누아에 관한 시Poème sur Fontenoy」를 발표. 11월 볼테르가 가사를 쓰고 라모Rameau가 곡을 붙인 「영광의 사원 Temple de la Gloire」을 베르사유에서 공연.

1746년 ⁵²세　4월 아카데미 프랑세즈 회원으로 선출됨.

1747년 ⁵³세　6월 일종의 비유적 자서전인 콩트 『자디그Zadig』 제1판이 네덜란드에서 출간됨. 10월 소에 있는 멘Maine 공작 부인의 저택으로 피신함. 샤틀레 부인이 왕비와 함께 도박을 하다가 큰돈을 잃자 볼테르가 샤틀레 부인에게 영어로 〈상대는 카드놀이의 사기꾼이오〉라고 말을 해 처지가 위험해졌기 때문임. 소에서 멘 공작 부인의 오락을 위해 콩트를 씀.

1748년 ⁵⁴세　2월 뤼네빌의 스타니스와프Stanisław 왕 궁정에서 체류. 샤틀레 부인이 생랑베르Saint-Lambert에게 반함. 8월 「세미라미스Sémiramis」 초연. 10월 볼테르가 샤틀레 부인과 생랑베르의 정사를 목격함. 오스트리아 왕위 계승 전쟁 종결.

1749년 ⁵⁵세　6월 새뮤얼 리처드슨Samuel Richardson의 소설 『파멜라Pamela』를 각색한 「나닌 혹은 극복된 선입견Nanine ou le préjugé vaincu」 상연. 9월 샤틀레 부인이 출산 후유증으로 사망. 10월 볼테르는 샤틀레 부인과 함께 살던 파리의 집으로 돌아감. 한밤중에 일어나 그녀의 이름을 부르며 어둠 속을 헤매기도 함.

1750년 ⁵⁶세　1월 비극 「오레스테스Oreste」 초연. 7월 프리드리히 2세의 초청을 받아 베를린으로 감. 프리드리히 2세의 시종으로 취임. 프리드리히 2세가 세운 베를린 아카데미Die Preußische Akademie der Wissenschaften의 원장이자 프랑스 수학자인 모페르튀Maupertuis와의 논전 시작.

1751년 57세 9월 『루이 14세의 세기 Le Siècle de Louis XIV』 출간. 프리드리히 2세가 볼테르에 대해 〈오렌지 주스를 짜고 나면 껍질은 버린다〉라고 말함.

1752년 58세 12월 모페르튀를 조롱하는 작자 미상의 소책자 「아카키아 박사와 생말로 출신 사람에 관한 이야기 Histoire du docteur Akakia et du natif de Saint Malo」이 나옴. 프리드리히 2세는 볼테르의 작품으로 간주된 이 책자를 베를린 광장에서 불태움. 콩트 『미크로메가 Micromégas』 출간.

1753년 59세 3월 프로이센을 떠남. 6~7월 여행 중 한때 프리드리히 2세에 의해 프랑크푸르트의 한 여관에 연금당함. 루이 15세가 볼테르의 파리 귀환을 금지함. 10월 이듬해 11월까지 콜마르에 체류.

1754년 60세 12월 제네바 입성.

1755년 61세 2월 제네바 근처에 델리스라는 집을 사서 정착함. 8월 「중국 고아 L'Orphelin de la Chine」 파리 상연. 11월 리스본 대지진. 12월 「리스본의 재난에 관한 시 Poème sur le désastre de Lisbonne」 집필. 『백과전서 Encyclopédie』에 기고 시작.

1756년 62세 5월 7년 전쟁 발발. 8월 달랑베르 d'Alembert가 델리스에서 체류하며 『백과전서』의 〈제네바 Genève〉 항목 집필을 준비. 12월 영국의 빙 제독 Admiral Byng 구명 운동이 실패함. 관습과 도덕에 대한 연구서인 『풍습과 민족의 정신에 관한 논의 Essai sur les mœurs et l'esprit des Nation』 출간.

1757년 63세 3월 빙 제독이 처형됨. 11월 달랑베르가 집필한 『백과전서』의 〈제네바〉 항목이 제네바에서 물의를 일으킴. 이 책의 집필에 관련되었다는 이유로 볼테르도 비난을 받음.

1758년 64세　7~8월 슈베칭겐에 있는 팔츠 선거후 Kurfürst von der Pfalz의 저택에서 『캉디드 혹은 낙관주의 Candide ou l'Optimisme』 집필. 10월 제네바와 프랑스 국경 근처의 페르네에 영지 매입. 12월 이웃의 투르네도 매입.

1759년 65세　1월 『캉디드 혹은 낙관주의』 출간. 파리 고등 법원은 『백과전서』와 함께 볼테르의 『자연법 Les Droits Naturels』도 금서 목록에 추가함.

1760년 66세　9월 비극 「탕크레드 Tancrède」 파리 상연.

1761년 67세　1월 『드니 부인에게 보내는 농업에 관한 편지 Épître à Mme Denis sur l'agriculture』 출간.

1762년 68세　3월 장 칼라스 Jean Calas가 처형됨. 4월 〈칼라스 사건〉에 개입 시작. 당시 피에르폴 시르방 Pierre-Paul Sirven은 로잔으로 피신.

1763년 69세　2월 7년 전쟁 종전. 12월 『관용론 Traité sur la tolérance』 출간.

1764년 70세　3월 「올림피아 Olympie」 파리 초연. 6월 『휴대용 철학 사전 Dictionnaire philosophique portatif』 출간.

1765년 71세　3월 장 칼라스가 복권됨. 『역사 철학 Philosophie de l'histoire』 출간.

1766년 72세　5월 철학 서적 『무식한 철학자 Le Philosophe ignorant』 출간. 7월 종교 행렬을 모욕하고 십자가를 훼손했다는 이유로 19세의 라 바르 La Barre 기사가 참수됨. 볼테르의 『휴대용 철학 사전』이 기사의 시체 위에서 함께 태워짐. 『라 바르 기사의 죽음에 관한 진술 Relation de la mort du chevalier de La Barre』 출간. 스위스로 피신.

1767년 73세   3월 시르벵 사건에 적극적으로 개입함. 5월 『볼링브로크 경의 중요한 조사 혹은 광신의 무덤 *Examen important de milord Bolingbroke ou le tombeau du fanatisme*』 출간. 7월 콩트 『엥제뉘 *L'lngénu*』 출간.

1768년 74세   3월 콩트 『바빌론의 공주 *La Princesse de Babylone*』 출간.

1770년 76세   1월 『〈백과전서〉에 관한 질문 *Questions sur l'Encylopédie*』 집필 시작.

1771년 77세   12월 시르방의 무죄 판결이 확정됨.

1772년 78세   9월 『호라티우스에게 보내는 편지 *Épître à Horace*』 출간.

1773년 79세   2~3월 비극 『미노스의 법 *Les Lois de Minos*』 출간. 훗날 그의 사인이 되는 유통성(有痛性) 배뇨 곤란으로 심하게 앓음.

1774년 80세   1월 비극 「소포니스베 *Sophonisbe*」 파리 초연. 콩트 『하얀 황소 *Le Taureau blanc*』 출간.

1775년 81세   크라메르 Cramer 출판사에서 〈볼테르 전집 Oeuvres complètes〉 출간.

1776년 82세   『마침내 설명된 성경 *La Bible enfin expliquée*』 출간.

1778년 84세   2월 10일 파리 귀환. 파리 시민의 열렬한 환영을 받음. 3월 마지막 비극 작품 「이렌 Irène」 상연. 대성공을 거둠. 5월 30일 사망. 그의 유해는 샹파뉴의 셀리에르 수도원에 안치되었다가, 프랑스 혁명기인 1791년 파리의 팡테옹으로 옮겨짐.

열린책들 세계문학 054 캉디드 혹은 낙관주의

옮긴이 이봉지 1957년 부산에서 태어났다. 서울대학교 사범 대학 불어교육학과를 졸업하고 동 대학원에서 불어교육학 석사 학위를 받은 후 미국 노스웨스턴 대학에서 불문학 박사 학위를 받았다. 현재 배재대학교 외국학대학 프랑스어문화학과 교수로 재직 중이다. *Le Roman a Editeur*(Peter Lang, 1989), 『서사학과 페미니즘』(배재대학교 출판부, 2005)을 저술하였고, 『수녀』, 『프랑스 혁명의 지적 기원』(공역), 『공화정과 쿠데타』, 『구조주의의 역사』(공역), 『육체와 예술』(공역), 『폴 리쾨르—삶의 의미들』(공역), 『두 친구』, 『새로 태어난 여성』, 『도데 단편선』, 『보바리 부인』 등을 번역하였다.

지은이 볼테르 **옮긴이** 이봉지 **발행인** 홍예빈·홍유진
발행처 주식회사 열린책들 **주소** 경기도 파주시 문발로 253 파주출판도시
전화 031-955-4000 **팩스** 031-955-4004
홈페이지 www.openbooks.co.kr **이메일** literature@openbooks.co.kr
Copyright (C) 주식회사 열린책들, 2009, *Printed in Korea*.
ISBN 978-89-329-0971-4 04860 **ISBN** 978-89-329-1499-2 (세트)
발행일 2009년 12월 20일 세계문학판 1쇄 2025년 3월 25일 세계문학판 19쇄

이 도서의 국립중앙도서관 출판예정도서목록(CIP)은 서지정보유통지원시스템 홈페이지(http://seoji.nl.go.kr)와 국가자료공동목록시스템(http://www.nl.go.kr/kolisnet)에서 이용하실 수 있습니다.(CIP제어번호: CIP2009003508)

열린책들 세계문학
Open Books World Literature

001 **죄와 벌** 표도르 도스토옙스키 장편소설 | 홍대화 옮김 | 전2권 | 각 408, 512면
003 **최초의 인간** 알베르 카뮈 장편소설 | 김화영 옮김 | 392면
004 **소설** 제임스 미치너 장편소설 | 윤희기 옮김 | 전2권 | 각 280, 368면
006 **개를 데리고 다니는 부인** 안똔 체호프 소설선집 | 오종우 옮김 | 368면
007 **우주 만화** 이탈로 칼비노 단편집 | 김운찬 옮김 | 424면
008 **댈러웨이 부인** 버지니아 울프 장편소설 | 최애리 옮김 | 296면
009 **어머니** 막심 고리끼 장편소설 | 최윤락 옮김 | 544면
010 **변신** 프란츠 카프카 중단편집 | 홍성광 옮김 | 464면
011 **전도서에 바치는 장미** 로저 젤라즈니 중단편집 | 김상훈 옮김 | 432면
012 **대위의 딸** 알렉산드르 뿌쉬낀 장편소설 | 석영중 옮김 | 240면
013 **바다의 침묵** 베르코르 소설선집 | 이상해 옮김 | 256면
014 **원수들, 사랑 이야기** 아이작 싱어 장편소설 | 김진준 옮김 | 320면
015 **백치** 표도르 도스토옙스키 장편소설 | 김근식 옮김 | 전2권 | 각 504, 528면
017 **1984년** 조지 오웰 장편소설 | 박경서 옮김 | 392면
019 **이상한 나라의 앨리스** 루이스 캐럴 환상동화 | 머빈 피크 그림 | 최용준 옮김 | 336면
020 **베네치아에서의 죽음** 토마스 만 중단편집 | 홍성광 옮김 | 432면
021 **그리스인 조르바** 니코스 카잔차키스 장편소설 | 이윤기 옮김 | 488면
022 **벚꽃 동산** 안똔 체호프 희곡선집 | 오종우 옮김 | 336면
023 **연애 소설 읽는 노인** 루이스 세풀베다 장편소설 | 정창 옮김 | 192면
024 **젊은 사자들** 어윈 쇼 장편소설 | 정영문 옮김 | 전2권 | 각 416, 408면
026 **젊은 베르테르의 슬픔** 요한 볼프강 폰 괴테 장편소설 | 김인순 옮김 | 240면
027 **시라노** 에드몽 로스탕 희곡 | 이상해 옮김 | 256면
028 **전망 좋은 방** E. M. 포스터 장편소설 | 고정아 옮김 | 352면
029 **까라마조프 씨네 형제들** 표도르 도스토옙스키 장편소설 | 이대우 옮김 | 전3권 | 각 496, 496, 460면
032 **프랑스 중위의 여자** 존 파울즈 장편소설 | 김석희 옮김 | 전2권 | 각 344면
034 **소립자** 미셸 우엘벡 장편소설 | 이세욱 옮김 | 448면

035 **영혼의 자서전** 니코스 카잔차키스 자서전 | 안정효 옮김 | 전2권 | 각 352, 408면
037 **우리들** 예브게니 자먀찐 장편소설 | 석영중 옮김 | 320면
038 **뉴욕 3부작** 폴 오스터 장편소설 | 황보석 옮김 | 480면
039 **닥터 지바고** 보리스 파스테르나크 장편소설 | 홍대화 옮김 | 전2권 | 각 480, 592면
041 **고리오 영감** 오노레 드 발자크 장편소설 | 임희근 옮김 | 456면
042 **뿌리** 알렉스 헤일리 장편소설 | 안정효 옮김 | 전2권 | 각 400, 448면
044 **백년보다 긴 하루** 친기즈 아이뜨마또프 장편소설 | 황보석 옮김 | 560면
045 **최후의 세계** 크리스토프 란스마이어 장편소설 | 장희권 옮김 | 264면
046 **추운 나라에서 돌아온 스파이** 존 르카레 장편소설 | 김석희 옮김 | 368면
047 **산도칸 – 몸프라쳄의 호랑이** 에밀리오 살가리 장편소설 | 유향란 옮김 | 428면
048 **기적의 시대** 보리슬라프 페키치 장편소설 | 이윤기 옮김 | 560면
049 **그리고 죽음** 짐 크레이스 장편소설 | 김석희 옮김 | 224면
050 **세설** 다니자키 준이치로 장편소설 | 송태욱 옮김 | 전2권 | 각 480면
052 **세상이 끝날 때까지 아직 10억 년** 스뜨루가츠끼 형제 장편소설 | 석영중 옮김 | 224면
053 **동물 농장** 조지 오웰 장편소설 | 박경서 옮김 | 208면
054 **캉디드 혹은 낙관주의** 볼테르 장편소설 | 이봉지 옮김 | 232면
055 **도적 떼** 프리드리히 폰 실러 희곡 | 김인순 옮김 | 264면
056 **플로베르의 앵무새** 줄리언 반스 장편소설 | 신재실 옮김 | 320면
057 **악령** 표도르 도스또옙스키 장편소설 | 박혜경 옮김 | 전3권 | 각 328, 408, 528면
060 **의심스러운 싸움** 존 스타인벡 장편소설 | 윤희기 옮김 | 340면
061 **몽유병자들** 헤르만 브로흐 장편소설 | 김경연 옮김 | 전2권 | 각 568, 544면
063 **몰타의 매** 대실 해밋 장편소설 | 고정아 옮김 | 304면
064 **마야꼬프스끼 선집** 블라지미르 마야꼬프스끼 선집 | 석영중 옮김 | 384면
065 **드라큘라** 브램 스토커 장편소설 | 이세욱 옮김 | 전2권 | 각 340, 344면
067 **서부 전선 이상 없다** 에리히 마리아 레마르크 장편소설 | 홍성광 옮김 | 336면
068 **적과 흑** 스탕달 장편소설 | 임미경 옮김 | 전2권 | 각 432, 368면
070 **지상에서 영원으로** 제임스 존스 장편소설 | 이종인 옮김 | 전3권 | 각 396, 380, 496면
073 **파우스트** 요한 볼프강 폰 괴테 희곡 | 김인순 옮김 | 568면
074 **쾌걸 조로** 존스턴 매컬리 장편소설 | 김훈 옮김 | 316면
075 **거장과 마르가리따** 미하일 불가꼬프 장편소설 | 홍대화 옮김 | 전2권 | 각 364, 328면

077 **순수의 시대** 이디스 워튼 장편소설 | 고정아 옮김 | 448면
078 **검의 대가** 아르투로 페레스 레베르테 장편소설 | 김수진 옮김 | 384면
079 **예브게니 오네긴** 알렉산드르 뿌쉬낀 운문소설 | 석영중 옮김 | 328면
080 **장미의 이름** 움베르토 에코 장편소설 | 이윤기 옮김 | 전2권 | 각 440, 448면
082 **향수** 파트리크 쥐스킨트 장편소설 | 강명순 옮김 | 384면
083 **여자를 안다는 것** 아모스 오즈 장편소설 | 최창모 옮김 | 280면
084 **나는 고양이로소이다** 나쓰메 소세키 장편소설 | 김난주 옮김 | 544면
085 **웃는 남자** 빅토르 위고 장편소설 | 이형식 옮김 | 전2권 | 각 472, 496면
087 **아웃 오브 아프리카** 카렌 블릭센 장편소설 | 민승남 옮김 | 480면
088 **무엇을 할 것인가** 니꼴라이 체르니셰프스끼 장편소설 | 서정록 옮김 | 전2권 | 각 360, 404면
090 **도나 플로르와 그녀의 두 남편** 조르지 아마두 장편소설 | 오숙은 옮김 | 전2권 | 각 408, 308면
092 **미사고의 숲** 로버트 홀드스톡 장편소설 | 김상훈 옮김 | 424면
093 **신곡** 단테 알리기에리 장편서사시 | 김운찬 옮김 | 전3권 | 각 292, 296, 328면
096 **교수** 샬럿 브론테 장편소설 | 배미영 옮김 | 368면
097 **노름꾼** 표도르 도스토옙스키 장편소설 | 이재필 옮김 | 320면
098 **하워즈 엔드** E. M. 포스터 장편소설 | 고정아 옮김 | 512면
099 **최후의 유혹** 니코스 카잔차키스 장편소설 | 안정효 옮김 | 전2권 | 각 408면
101 **키리냐가** 마이크 레스닉 장편소설 | 최용준 옮김 | 464면
102 **바스커빌가의 개** 아서 코넌 도일 장편소설 | 조영학 옮김 | 264면
103 **버마 시절** 조지 오웰 장편소설 | 박경서 옮김 | 408면
104 **10 1/2장으로 쓴 세계 역사** 줄리언 반스 장편소설 | 신재실 옮김 | 464면
105 **죽음의 집의 기록** 표도르 도스토옙스키 장편소설 | 이덕형 옮김 | 528면
106 **소유** 앤토니어 수전 바이어트 장편소설 | 윤희기 옮김 | 전2권 | 각 440, 488면
108 **미성년** 표도르 도스토옙스키 장편소설 | 이상룡 옮김 | 전2권 | 각 512, 544면
110 **성 앙투안느의 유혹** 귀스타브 플로베르 희곡소설 | 김용은 옮김 | 584면
111 **밤으로의 긴 여로** 유진 오닐 희곡 | 강유나 옮김 | 240면
112 **마법사** 존 파울즈 장편소설 | 정영문 옮김 | 전2권 | 각 512, 552면
114 **스쩨빤치꼬보 마을 사람들** 표도르 도스토옙스키 장편소설 | 변현태 옮김 | 416면
115 **플랑드르 거장의 그림** 아르투로 페레스 레베르테 장편소설 | 정창 옮김 | 512면
116 **분신** 표도르 도스토옙스키 장편소설 | 석영중 옮김 | 288면

117 **가난한 사람들** 표도르 도스토옙스키 장편소설 | 석영중 옮김 | 256면
118 **인형의 집** 헨리크 입센 희곡 | 김창화 옮김 | 272면
119 **영원한 남편** 표도르 도스토옙스키 장편소설 | 정명자 외 옮김 | 448면
120 **알코올** 기욤 아폴리네르 시집 | 황현산 옮김 | 352면
121 **지하로부터의 수기** 표도르 도스토옙스키 장편소설 | 계동준 옮김 | 256면
122 **어느 작가의 오후** 페터 한트케 중편소설 | 홍성광 옮김 | 160면
123 **아저씨의 꿈** 표도르 도스토옙스키 장편소설 | 박종소 옮김 | 312면
124 **네또츠까 네즈바노바** 표도르 도스토옙스키 장편소설 | 박재만 옮김 | 316면
125 **곤두박질** 마이클 프레인 장편소설 | 최용준 옮김 | 528면
126 **백야 외** 표도르 도스토옙스키 소설선집 | 석영중 외 옮김 | 408면
127 **살라미나의 병사들** 하비에르 세르카스 장편소설 | 김창민 옮김 | 304면
128 **뻬쩨르부르그 연대기 외** 표도르 도스토옙스키 소설선집 | 이항재 옮김 | 296면
129 **상처받은 사람들** 표도르 도스토옙스키 장편소설 | 윤우섭 옮김 | 전2권 | 각 296, 392면
131 **악어 외** 표도르 도스토옙스키 소설선집 | 박혜경 외 옮김 | 312면
132 **허클베리 핀의 모험** 마크 트웨인 장편소설 | 윤교찬 옮김 | 416면
133 **부활** 레프 똘스또이 장편소설 | 이대우 옮김 | 전2권 | 각 308, 416면
135 **보물섬** 로버트 루이스 스티븐슨 장편소설 | 머빈 피크 그림 | 최용준 옮김 | 360면
136 **천일야화** 앙투안 갈랑 엮음 | 임호경 옮김 | 전6권 | 각 336, 328, 372, 392, 344, 320면
142 **아버지와 아들** 이반 뚜르게네프 장편소설 | 이상원 옮김 | 328면
143 **오만과 편견** 제인 오스틴 장편소설 | 원유경 옮김 | 480면
144 **천로 역정** 존 버니언 우화소설 | 이동일 옮김 | 432면
145 **대주교에게 죽음이 오다** 윌라 캐더 장편소설 | 윤명옥 옮김 | 352면
146 **권력과 영광** 그레이엄 그린 장편소설 | 김연수 옮김 | 384면
147 **80일간의 세계 일주** 쥘 베른 장편소설 | 고정아 옮김 | 352면
148 **바람과 함께 사라지다** 마거릿 미첼 장편소설 | 안정효 옮김 | 전3권 | 각 616, 640, 640면
151 **기탄잘리** 라빈드라나트 타고르 시집 | 장경렬 옮김 | 224면
152 **도리언 그레이의 초상** 오스카 와일드 장편소설 | 윤희기 옮김 | 384면
153 **레우코와의 대화** 체사레 파베세 희곡소설 | 김운찬 옮김 | 280면
154 **햄릿** 윌리엄 셰익스피어 희곡 | 박우수 옮김 | 256면
155 **맥베스** 윌리엄 셰익스피어 희곡 | 권오숙 옮김 | 176면

156 **아들과 연인** 데이비드 허버트 로런스 장편소설 | 최희섭 옮김 | 전2권 | 464, 432면
158 **그리고 아무 말도 하지 않았다** 하인리히 뵐 장편소설 | 홍성광 옮김 | 272면
159 **미덕의 불운** 싸드 장편소설 | 이형식 옮김 | 248면
160 **프랑켄슈타인** 메리 W. 셸리 장편소설 | 오숙은 옮김 | 320면
161 **위대한 개츠비** 프랜시스 스콧 피츠제럴드 장편소설 | 한애경 옮김 | 280면
162 **아Q정전** 루쉰 중단편집 | 김태성 옮김 | 320면
163 **로빈슨 크루소** 대니얼 디포 장편소설 | 류경희 옮김 | 456면
164 **타임머신** 허버트 조지 웰스 소설선집 | 김석희 옮김 | 304면
165 **제인 에어** 샬럿 브론테 장편소설 | 이미선 옮김 | 전2권 | 각 392, 384면
167 **풀잎** 월트 휘트먼 시집 | 허현숙 옮김 | 280면
168 **표류자들의 집** 기예르모 로살레스 장편소설 | 최유정 옮김 | 216면
169 **배빗** 싱클레어 루이스 장편소설 | 이종인 옮김 | 520면
170 **이토록 긴 편지** 마리아마 바 장편소설 | 백선희 옮김 | 192면
171 **느릅나무 아래 욕망** 유진 오닐 희곡 | 손동호 옮김 | 168면
172 **이방인** 알베르 카뮈 장편소설 | 김예령 옮김 | 208면
173 **미라마르** 나기브 마푸즈 장편소설 | 허진 옮김 | 288면
174 **지킬 박사와 하이드 씨** 로버트 루이스 스티븐슨 소설선집 | 조영학 옮김 | 320면
175 **루진** 이반 뚜르게네프 장편소설 | 이항재 옮김 | 264면
176 **피그말리온** 조지 버나드 쇼 희곡 | 김소임 옮김 | 256면
177 **목로주점** 에밀 졸라 장편소설 | 유기환 옮김 | 전2권 | 각 336면
179 **엠마** 제인 오스틴 장편소설 | 이미애 옮김 | 전2권 | 각 336, 360면
181 **비숍 살인 사건** S. S. 밴 다인 장편소설 | 최인자 옮김 | 464면
182 **우신예찬** 에라스무스 풍자문 | 김남우 옮김 | 296면
183 **하자르 사전** 밀로라드 파비치 장편소설 | 신현철 옮김 | 488면
184 **테스** 토머스 하디 장편소설 | 김문숙 옮김 | 전2권 | 각 392, 336면
186 **투명 인간** 허버트 조지 웰스 장편소설 | 김석희 옮김 | 288면
187 **93년** 빅토르 위고 장편소설 | 이형식 옮김 | 전2권 | 각 288, 360면
189 **젊은 예술가의 초상** 제임스 조이스 장편소설 | 성은애 옮김 | 384면
190 **소네트집** 윌리엄 셰익스피어 연작시집 | 박우수 옮김 | 200면
191 **메뚜기의 날** 너새니얼 웨스트 장편소설 | 김진준 옮김 | 280면

192 **나사의 회전** 헨리 제임스 중편소설 | 이승은 옮김 | 256면
193 **오셀로** 윌리엄 셰익스피어 희곡 | 권오숙 옮김 | 216면
194 **소송** 프란츠 카프카 장편소설 | 김재혁 옮김 | 376면
195 **나의 안토니아** 윌라 캐더 장편소설 | 전경자 옮김 | 368면
196 **자성록** 마르쿠스 아우렐리우스 명상록 | 박민수 옮김 | 240면
197 **오레스테이아** 아이스킬로스 비극 | 두행숙 옮김 | 336면
198 **노인과 바다** 어니스트 헤밍웨이 소설선집 | 이종인 옮김 | 320면
199 **무기여 잘 있거라** 어니스트 헤밍웨이 장편소설 | 이종인 옮김 | 464면
200 **서푼짜리 오페라** 베르톨트 브레히트 희곡선집 | 이은희 옮김 | 320면
201 **리어 왕** 윌리엄 셰익스피어 희곡 | 박우수 옮김 | 224면
202 **주홍 글자** 너새니얼 호손 장편소설 | 곽영미 옮김 | 360면
203 **모히칸족의 최후** 제임스 페니모어 쿠퍼 장편소설 | 이나경 옮김 | 512면
204 **곤충 극장** 카렐 차페크 희곡선집 | 김선형 옮김 | 360면
205 **누구를 위하여 종은 울리나** 어니스트 헤밍웨이 장편소설 | 이종인 옮김 | 전2권 | 각 416, 400면
207 **타르튀프** 몰리에르 희곡선집 | 신은영 옮김 | 416면
208 **유토피아** 토머스 모어 소설 | 전경자 옮김 | 288면
209 **인간과 초인** 조지 버나드 쇼 희곡 | 이후지 옮김 | 320면
210 **페드르와 이폴리트** 장 라신 희곡 | 신정아 옮김 | 200면
211 **말테의 수기** 라이너 마리아 릴케 장편소설 | 안문영 옮김 | 320면
212 **등대로** 버지니아 울프 장편소설 | 최애리 옮김 | 328면
213 **개의 심장** 미하일 불가꼬프 중편소설집 | 정연호 옮김 | 352면
214 **모비 딕** 허먼 멜빌 장편소설 | 강수정 옮김 | 전2권 | 각 464, 488면
216 **더블린 사람들** 제임스 조이스 단편소설집 | 이강훈 옮김 | 336면
217 **마의 산** 토마스 만 장편소설 | 윤순식 옮김 | 전3권 | 각 496, 488, 512면
220 **비극의 탄생** 프리드리히 니체 | 김남우 옮김 | 320면
221 **위대한 유산** 찰스 디킨스 장편소설 | 류경희 옮김 | 전2권 | 각 432, 448면
223 **사람은 무엇으로 사는가** 레프 똘스또이 소설선집 | 윤새라 옮김 | 464면
224 **자살 클럽** 로버트 루이스 스티븐슨 소설선집 | 임종기 옮김 | 272면
225 **채털리 부인의 연인** 데이비드 허버트 로런스 장편소설 | 이미선 옮김 | 전2권 | 각 336, 328면
227 **데미안** 헤르만 헤세 장편소설 | 김인순 옮김 | 264면

228 **두이노의 비가** 라이너 마리아 릴케 시선집 | 손재준 옮김 | 504면

229 **페스트** 알베르 카뮈 장편소설 | 최윤주 옮김 | 432면

230 **여인의 초상** 헨리 제임스 장편소설 | 정상준 옮김 | 전2권 | 각 520, 544면

232 **성** 프란츠 카프카 장편소설 | 이재황 옮김 | 560면

233 **차라투스트라는 이렇게 말했다** 프리드리히 니체 산문시 | 김인순 옮김 | 464면

234 **노래의 책** 하인리히 하이네 시집 | 이재영 옮김 | 384면

235 **변신 이야기** 오비디우스 서사시 | 이종인 옮김 | 632면

236 **안나 카레니나** 레프 톨스토이 장편소설 | 이명현 옮김 | 전2권 | 각 800, 736면

238 **이반 일리치의 죽음·광인의 수기** 레프 톨스토이 중단편집 | 석영중·정지원 옮김 | 232면

239 **수레바퀴 아래서** 헤르만 헤세 장편소설 | 강명순 옮김 | 272면

240 **피터 팬** J. M. 배리 장편소설 | 최용준 옮김 | 272면

241 **정글 북** 러디어드 키플링 중단편집 | 오숙은 옮김 | 272면

242 **한여름 밤의 꿈** 윌리엄 셰익스피어 희곡 | 박우수 옮김 | 160면

243 **좁은 문** 앙드레 지드 장편소설 | 김화영 옮김 | 264면

244 **모리스** E. M. 포스터 장편소설 | 고정아 옮김 | 408면

245 **브라운 신부의 순진** 길버트 키스 체스터턴 단편집 | 이상원 옮김 | 336면

246 **각성** 케이트 쇼팬 장편소설 | 한애경 옮김 | 272면

247 **뷔히너 전집** 게오르크 뷔히너 지음 | 박종대 옮김 | 400면

248 **디미트리오스의 가면** 에릭 앰블러 장편소설 | 최용준 옮김 | 424면

249 **베르가모의 페스트 외** 옌스 페테르 야콥센 중단편 전집 | 박종대 옮김 | 208면

250 **폭풍우** 윌리엄 셰익스피어 희곡 | 박우수 옮김 | 176면

251 **어셴든, 영국 정보부 요원** 서머싯 몸 연작 소설집 | 이민아 옮김 | 416면

252 **기나긴 이별** 레이먼드 챈들러 장편소설 | 김진준 옮김 | 600면

253 **인도로 가는 길** E. M. 포스터 장편소설 | 민승남 옮김 | 552면

254 **올랜도** 버지니아 울프 장편소설 | 이미애 옮김 | 376면

255 **시지프 신화** 알베르 카뮈 지음 | 박언주 옮김 | 264면

256 **조지 오웰 산문선** 조지 오웰 지음 | 허진 옮김 | 424면

257 **로미오와 줄리엣** 윌리엄 셰익스피어 희곡 | 도해자 옮김 | 200면

258 **수용소군도** 알렉산드르 솔제니친 기록문학 | 김학수 옮김 | 전6권 | 각 460면 내외

264 **스웨덴 기사** 레오 페루츠 장편소설 | 강명순 옮김 | 336면

265 **유리 열쇠** 대실 해밋 장편소설 | 홍성영 옮김 | 328면
266 **로드 짐** 조지프 콘래드 장편소설 | 최용준 옮김 | 608면
267 **푸코의 진자** 움베르토 에코 장편소설 | 이윤기 옮김 | 전3권 | 각 392, 384, 416면
270 **공포로의 여행** 에릭 앰블러 장편소설 | 최용준 옮김 | 376면
271 **심판의 날의 거장** 레오 페루츠 장편소설 | 신동화 옮김 | 264면
272 **에드거 앨런 포 단편선** 에드거 앨런 포 지음 | 김석희 옮김 | 392면
273 **수전노 외** 몰리에르 희곡선집 | 신정아 옮김 | 424면
274 **모파상 단편선** 기 드 모파상 지음 | 임미경 옮김 | 400면
275 **평범한 인생** 카렐 차페크 장편소설 | 송순섭 옮김 | 280면
276 **마음** 나쓰메 소세키 장편소설 | 양윤옥 옮김 | 344면
277 **인간 실격·사양** 다자이 오사무 소설집 | 김난주 옮김 | 336면
278 **작은 아씨들** 루이자 메이 올컷 장편소설 | 허진 옮김 | 전2권 | 각 408, 464면
280 **고함과 분노** 윌리엄 포크너 장편소설 | 윤교찬 옮김 | 520면
281 **신화의 시대** 토머스 불핀치 신화집 | 박중서 옮김 | 664면
282 **셜록 홈스의 모험** 아서 코넌 도일 단편집 | 오숙은 옮김 | 456면
283 **자기만의 방** 버지니아 울프 지음 | 공경희 옮김 | 216면
284 **지상의 양식·새 양식** 앙드레 지드 지음 | 최애영 옮김 | 360면
285 **전염병 일지** 대니얼 디포 지음 | 서정은 옮김 | 368면
286 **오이디푸스왕 외** 소포클레스 비극 | 장시은 옮김 | 368면
287 **리처드 2세** 윌리엄 셰익스피어 희곡 | 박우수 옮김 | 208면
288 **아내·세 자매** 안톤 체호프 선집 | 오종우 옮김 | 240면
289 **폭풍의 언덕** 에밀리 브론테 장편소설 | 전승희 옮김 | 592면
290 **조반니의 방** 제임스 볼드윈 장편소설 | 김지현 옮김 | 320면
291 **의무론** 마르쿠스 툴리우스 키케로 지음 | 김남우 옮김 | 312면
292 **밤에 돌다리 밑에서** 레오 페루츠 지음 | 신동화 옮김 | 360면
293 **한낮의 열기** 엘리자베스 보엔 장편소설 | 정연희 옮김 | 576면